VALSE RUSSE

Journaliste et écrivain, Nicolas Delesalle est grand reporter à *Paris Match*, après l'avoir été pendant quinze ans à *Télérama*. Il a dirigé l'ouvrage *Télérama 60 ans* et est l'auteur d'*Un parfum d'herbe coupée*, *Le Goût du large*, *Mille soleils*, *N'habite plus à l'adresse indiquée* et *Valse russe*, qui ont conquis plus de cent cinquante mille lecteurs.

Paru au Livre de Poche :

Le Goût du large
Mille soleils
Un parfum d'herbe coupée

NICOLAS DELESALLE

Valse russe

ROMAN

JC LATTÈS

ISBN : 978-2-253-90780-0 – 1re publication LGF

À ma mère

L'hiver défile derrière la fenêtre du compartiment, avec ses forêts blanches et ses chemins de boue gelée qui ne mènent nulle part. Le train cahote sur les rails tordus par le froid. Je suis de nouveau en route pour l'Ukraine. Voilà un an, j'atterrissais à Kiev par un vol régulier, une semaine avant que le premier missile russe ne soit tiré sur la ville. Peu d'Ukrainiens croyaient à la guerre. Dans la capitale, les jeunes nous riaient au nez. Depuis, l'aéroport est abandonné au silence et à la poussière, certains de ces jeunes sont morts au front et tous les autres s'efforcent de continuer à vivre sous l'orage d'acier.

Je suis assis sur ma couchette. Je regarde ce paysage que j'ai déjà tant de fois contemplé depuis le début du conflit. Depuis le début de ma vie. Autour de mon cou se balance le dernier cadeau d'anniversaire de ma mère, une croix orthodoxe en or ciselée sur le modèle de celle de son propre père. Sur un coup de tête dont elle est coutumière, ma mère l'a fait fondre à partir de son alliance, qu'elle croyait avoir jetée après son divorce, et de ma médaille de baptême catholique dont j'avais oublié l'existence. Je suis athée et guère sensible au charme ostentatoire des chaînes en or, mais depuis ce jour, je porte cette croix orthodoxe russe. C'est un talisman, mes racines, mon histoire. Dans un pays mis à feu et à sang par les fils de mes ancêtres, c'est ma mère russe que je porte contre ma poitrine.

À quelques centaines de kilomètres de ce train qui m'emmène vers Kiev, un homme marche sur un lac gelé. Lui aussi porte une croix orthodoxe autour du cou. Il ne me connaît pas encore. Il est ukrainien, il s'appelle Sacha et, bientôt, il va partager son secret avec moi.

1

Sacha creuse un trou dans la glace avec sa vieille tarière usée. Il expire des geysers de vapeur pendant que le foret s'enfonce. Des copeaux de givre giclent autour de ses pieds. Quand le trou est enfin formé, satisfait, il assoit sa large carcasse sur une caisse en plastique rouge et lance sa ligne. Il prend un grand plaisir à centrer bien au milieu du trou le fil transparent de sa minuscule canne à pêche. Il respire lentement. Maintenant, il suffit d'attendre tranquillement et de méditer. Sacha aime ça ; ne rien faire. Il aime la glace. Il aime ce rond d'eau noire. Parfois, il lève la tête et regarde d'un air boudeur les forêts de bouleaux nus qui s'étendent à perte de vue autour de lui. Il a toujours adoré ces arbres blancs. Mais depuis la guerre, il les déteste. Ils sont le symbole de la Russie.

Au loin, le soleil, caché au fond du ciel, éclaire l'horizon d'un éclat faible, tamisé par les nuages. Au milieu du lac, à cinq cents mètres du trou de Sacha, une frontière invisible sépare l'Ukraine de la Russie. Avant, les Russes venaient eux aussi pêcher ici, sur le même lac, sur la même glace. Tout le monde se foutait de savoir qui pêchait. Aujourd'hui, les Russes ne viennent plus. Ils ne viendront plus jamais.

Sacha réajuste ses lunettes rondes sur son nez busqué. Il a bien enfoncé sa chapka sur ses oreilles et porte trois couches de vêtements pour se tenir chaud ainsi que des bottes en feutre rembourrées. Il a beau être ukrainien, il parle en russe, pense en russe, jure en russe, et putain, sacré putain de bon Dieu, qu'il fait froid aujourd'hui. Dès son plus jeune âge, chaque hiver, il est venu pêcher sur ce lac. Le plus difficile n'est pas d'attraper les poissons, mais de rester immobile assis sur une caisse en plastique pendant des heures alors que le givre lui blanchit les cils.

Le jour où les Russes sont venus s'emparer de son pays, Sacha était une nouvelle fois en train de se mirer dans l'eau noire de son trou parfait. Ce jeudi-là, à l'aube, il a vu passer la colonne de blindés sur la petite route qui borde le lac. Et ses lunettes se sont embuées.

Sacha est l'un des seuls Ukrainiens à avoir assisté à la première seconde de l'invasion, alors que les Russes n'avaient pas encore parcouru cent mètres en territoire ukrainien. Cette première seconde, ce moment de bascule entre un monde en paix et le chaos, il l'a éprouvée dans sa chair, ses yeux, ses oreilles, dans tout le corps. Il aurait presque pu toucher cet instant composé de glace, de peur et de vibrations – celles des chenilles des tanks, celles de son cœur tambourinant dans sa poitrine. Il a attendu un long moment que cesse le bruit des chars, disparus derrière une butte, avant de se lever, de ranger sa petite canne dans son étui et de rejeter à l'eau les poissons qu'il avait pêchés. Puis il est rentré chez lui, dans sa maison en bois bleu, il a allumé le poêle, vaqué à ses affaires et dîné. Toute la nuit il a tourné dans son lit sans pouvoir fermer l'œil.

Le lendemain matin, Sacha s'est servi un café, a fermé les volets, verrouillé la porte avant de démarrer sa vieille Volga. Sans se retourner, il a pris la direction d'un commissariat militaire de Tchernihiv pour s'engager. Sur la route, il a rattrapé une colonne de Russes qui l'ont laissé passer sans trop lui prêter attention.

C'était avant la guerre totale, quand les Ukrainiens et les Russes se parlaient encore.

— Tu vas où comme ça, le vieux ? a demandé un soldat juché sur son blindé.

— Retrouver ma famille à Kiev, a répondu Sacha.

— On te suit ! a ricané le militaire.

Un officier a opiné du chef, et Sacha a dépassé sans difficulté la longue colonne – quelques jours plus tard, il aurait été tué sans sommation. Au même moment, les véhicules ont croisé un vieux monument érigé dans les années 1970 à la gloire de l'amitié entre l'Ukraine, la Biélorussie et la Russie. À l'époque, chacune de ces républiques soviétiques avait choisi son propre symbole. L'Ukraine avait opté pour une statue représentant un mineur, un fermier et une femme avec un bouquet de fleurs ; la Biélorussie, pour un partisan et un ouvrier de l'industrie automobile ; la Russie, elle, avait préféré des soldats et des tanks.

Avec son ventre de grizzly repu, Sacha n'a plus grand-chose du soldat qui pilotait des hélicoptères du temps de l'URSS. Il a soixante-treize ans, mais en paraît davantage, son visage est dépourvu de poils depuis qu'en 1986 il a déversé des tonnes d'eau sur le réacteur n° 4 de la centrale nucléaire de Tchernobyl. Contrairement à tous ses amis pilotes, il a survécu – pas ses cheveux, ni sa barbe, ni ses sourcils. Malgré ses problèmes de thyroïde, son corps autrefois puissant continue de le porter vaillamment.

Au commissariat, les militaires ukrainiens l'ont d'abord accueilli avec un sourire forcé puis, surpris par sa vigueur, l'ont reversé dans une unité de la garde territoriale. Sacha s'est retrouvé en poste à des check-points, armé d'une kalachnikov, contrôlant les véhicules entre Kiev et Tchernihiv, à la recherche de potentiels traîtres ou saboteurs. Il n'en a jamais arrêté.

Après quelques mois et un déluge de feu, de larmes et de sang, les Russes ont abandonné l'idée de conquérir Kiev et sont repartis aussi vite qu'ils étaient venus. Ils sont repassés par le lac de Sacha. La glace avait fondu, leur contingent aussi.

Lorsque l'armée ukrainienne a voulu démobiliser Sacha et le renvoyer chez lui, celui-ci a insisté pour participer encore à l'effort de guerre. Alors on l'a envoyé dans le Donbass, à l'est du pays. C'est là-bas qu'il a rencontré Vania. Dans l'école de musique désaffectée dont il avait la garde avec quelques autres soldats, sous le regard étonné des rats qui vivaient là.

Vania est un mercenaire du groupe paramilitaire Wagner. Mais ce n'est pas un tueur. Sacha l'a bien compris – Vania est d'abord un idiot. Au fil des semaines, les deux hommes se sont rapprochés. Et puis, au bout de six mois de service dans le Donbass, Sacha est revenu chez lui, près du lac, à la frontière russe. Il a laissé la guerre continuer sans lui.

Au bord du lac gelé, le soleil rose pâle est en train de s'éteindre doucement dans les teintes anémiques de l'hiver. À une cinquantaine de mètres de Sacha, Volodia pêche lui aussi. Les deux hommes sont voisins, mais aucun d'eux n'a envie de parler. Cinquante mètres, c'est une bonne distance pour pêcher ensemble, pour se respecter, s'apprécier, sans se parler. Sacha vit seul depuis la mort de sa femme et de son fils, tous les deux enterrés sous une croix de bois peinte en bleu au milieu des buissons de sorbier dans le cimetière du village. Avec les années, il s'est habitué au silence.

Il est 17 heures. Les premières étoiles pointent au loin. Sacha adore regarder le ciel nocturne. Il aurait aimé travailler à la Cité des étoiles près de Moscou, devenir cosmonaute, voler dans la station Mir, mais il n'a jamais osé passer les sélections. Et puis la catastrophe de Tchernobyl est survenue, et tous ses rêves se sont envolés. Il contemple Jupiter et Vénus qui brillent autour de la Lune. Il est temps de rentrer. Sacha replie sa courte canne à pêche, glisse les trois sandres qu'il a pêchés dans un jerrycan jaune et salue Volodia d'un imperceptible mouvement de tête. Il marche prudemment sur la couche de glace épaisse, atteint le bord du lac, puis s'engage sur un chemin enneigé qui serpente dans la forêt de bouleaux jusqu'à sa masure bleue au toit de tôle. Il pousse une première porte en bois qui sert de sas, retire ses chaussures, puis pénètre enfin dans la chaleur de son foyer et enfile une paire de savates. Une kalachnikov – un vieux modèle – est posée sur la table de la cuisine. Il l'accroche au mur et se dirige vers le salon où un jeune homme dort près du poêle, enfoncé dans un fauteuil.

— Tu pionces encore ?

Le garçon ouvre les yeux sans répondre.

— Je vais préparer une soupe pour ce soir et vider les poissons. Comment tu te sens ?

— Comme une merde. J'ai mal au bide et j'ai encore de la fièvre.

— Ça va passer. Reste tranquille.

Dans la remise, Sacha vide les poissons dans un évier gris puis choisit trois pommes de terre et un chou pour préparer la soupe. Dehors, Jupiter et Vénus scintillent encore plus fort autour de la Lune. Au salon, Vania, le mercenaire russe qui n'a rien à faire là, s'est rendormi.

2

La guerre ne commence jamais comme on l'imagine. Mercredi 23 février 2022, tandis que Sacha pêche, Patrick, le photographe avec qui je travaille, et moi, nous traversons les paysages mornes du Donbass en quête d'un poste avancé sur la ligne de front, figée depuis 2014. Les cheminées des usines de Adviivka crachent une fumée âcre, l'air pue le plastique brûlé, les villages ont les pieds dans la boue. Sur la route, il n'y a pas âme qui vive, l'ambiance est lunaire, comme si le paysage savait qu'il profitait de ses derniers instants de paix relative.

Nous avons quitté Kiev en train le matin même, après moult hésitations, certains de l'agression imminente de Vladimir Poutine. Allait-il attaquer uniquement le Donbass ? ou allait-il essayer de prendre Kiev aussi ? Nous débarquons dans la banlieue de Donetsk avec l'espoir d'être là où il faut être, que l'assaut sera donné ici. La nuit tombe, et nous roulons à tombeau ouvert pour éviter d'être pris pour cible. La ligne de front se situant à quelques kilomètres, certains tronçons sont à découvert, donc à portée de tir. La veille, des obus sont tombés sur cette route. Il n'y avait personne. Les artilleurs russes réglaient-ils la hausse ?

Au volant, Maksim tâche d'éviter les trous d'artillerie. Maks est un photojournaliste ukrainien. Il est très maigre, son visage semble ciselé au burin et ses mèches blondes lui donnent une tête de surfeur fatigué. Il couvre la guerre depuis 2014 et il a accepté de nous trimbaler dans sa voiture à travers le Donbass vers ce volcan sur le point d'exploser. Soudain, il éteint les phares. Nous sommes tout près des Russes. Noir total. Nuit d'encre. Il roule en gardant sa tête hors de la fenêtre et bifurque sur un chemin forestier. Maks est épuisé, vraiment usé. Mais sa quête de la photographie qui arrêtera la guerre continue de l'obséder. Le chemin serpente jusqu'à une zone plantée de bâtiments fantômes. Il s'agit d'un ancien collège abandonné. Sur les murs, des graffitis – des prénoms d'adolescents amoureux du début des années 2000 qui doivent aujourd'hui être terrifiés pour leurs propres enfants. Vadim & Olga 2003. Natalia & Vova 2001. Nous sommes dans un poste médical avancé de la 56e brigade, à deux cents mètres d'une tranchée russe.

Pour décrocher le droit d'assister aux premières secondes de l'invasion, nous avons croisé le sosie vivant de Robin Williams, des yeux verts derrière des lunettes rondes, une barbe poivre et sel, et un sourire malicieux. Ce Robin Williams là est lieutenant, spécialiste en traumatologie. Il nous a autorisés à risquer notre peau auprès de ses hommes. Un Humvee médical floqué d'une croix rouge garde l'entrée. Une dizaine d'infirmiers, de médecins vivent dans ce bâtiment sans eau, ni chauffage, ni électricité. Parmi eux, Slava, la trentaine, petite barbe taillée, ventre généreux et regard doux, nous accueille avec gentillesse. Il ne parle pas anglais, je ne parle pas le russe ni l'ukrainien, mais nous communiquons très bien. Il fait froid et humide, la combinaison parfaite pour communier sous les étoiles autour d'une cigarette.

Slava est inquiet parce que tout est trop calme. Pas de blessé aujourd'hui, pas de blessé la veille. Il y a quatre jours, des obus de mortiers sont tombés juste à côté, tuant un homme, blessant un autre. Depuis, plus rien. Et ce silence ne lui dit rien qui vaille. À personne à vrai dire.

Maksim nous rejoint. Il connaît bien ce poste. Nous longeons tous les deux les bâtiments désaffectés, comme on vérifie les décors d'un théâtre avant la première. Il m'indique un étage aux fenêtres explosées.

— Si on se planque ici, on sera aux premières loges pour assister à la bataille.

Brusquement, il s'arrête en levant la main. On ne peut pas aller plus loin sans s'exposer. La ligne séparatiste est à moins de deux terrains de football de là. Il sait exactement où parce que les Russes ont tiré avec des balles traçantes la veille. La brume qui s'élève juste au-dessus de cette zone, entre les bâtisses désertes aux fenêtres crevées et les arbres nus, donne au tableau un air apocalyptique.

Demain, le monde que nous connaissons aura changé pour toujours.

Nous rentrons nous coucher dans le capharnaüm qui fait office de chambre. En remontant mon sac de couchage sur mon nez, je me demande ce que je fiche ici et quelle est cette force qui m'attire. Ce n'est pas mon pays, ce n'est pas ma guerre. Pourquoi prendre le risque de mourir ici ?

Nous plaquons les gilets pare-balles contre les fenêtres pour nous protéger des éclats d'obus. Le sommeil tarde à venir. Nous entendons les détonations au loin. Départ de mortier ?

Patrick est pâle comme un linge, mais il n'a pas peur. Il vomit dans un seau à côté de moi. Depuis notre arrivée, il est malade. Déjà sur le terrain pendant la guerre du Vietnam, il a bravé la mort une bonne dizaine de fois. Il est devenu une légende dans le métier, et c'est une chance pour moi de travailler avec un tel type, drôle, vif, plein d'autodérision, érudit et dur au mal. Pourtant cette nuit, quelque chose ne tourne pas rond. Patrick a été blessé sept fois, dont une au Panama, en 1989, par une balle américaine dans le ventre. Il s'en est sorti par miracle. Depuis, la douleur s'est endormie, mais ce soir elle s'est réveillée de manière fulgurante. Il serre les dents, vomit ses tripes toute la nuit.

Vers 7 heures, au petit matin, Patrick est livide, il souffre le martyre. Dehors, aucun son, aucune détonation. Nous nous attendions au Chemin des Dames. En vain. La monnaie de notre trouille se fait attendre.

Tandis que nous buvons notre café dans le froid glacial, la nouvelle tombe. Kiev a été frappée. Kharkiv et Marioupol aussi. Tout le pays est attaqué. Alors qu'ici, au-dessus du volcan, tout est calme. Slava est sonné.

— Poutine, répète-t-il en secouant la tête.

Maksim est lui aussi sidéré. Et inquiet. Il a quatre fils et doit rentrer à Kiev mettre sa femme et ses enfants à l'abri. Mais pendant quelques instants, il refuse d'y croire. Il reste immobile sur une ligne de crête invisible, un point de bascule entre la vie d'avant et la vie d'après. Son corps est paralysé, comme s'il pressentait que le prochain pas le rapprocherait de son destin funeste – dans trois semaines, il recevra deux balles de soldats russes dans la tête. Alors il attend quelques secondes, il gagne un peu de temps, il fige la montre, il vole à la mort un peu d'avant, un peu de vie tout court.

3

En ce début de soirée de l'année 1986, je marche seul sur un trottoir de Kiev. Les passants ne font pas attention à moi. Ils vaquent à leurs occupations, et je les vois à peine. Ils ne le savent pas, mais ils sont mes frères et j'ai le cœur rempli de joie de les savoir auprès de moi. Les femmes ressemblent à ma mère, les hommes, à moi. Il fait -30 °C. Je porte une doudoune blanche, des Moon Boots, une chapka noire, des gants de ski. J'aimerais bien troquer ces habits d'Occidentaux en goguette pour un manteau de laine noire et des chaussures à zip. J'ai quatorze ans. Je suis fier d'être russe. Ou ukrainien – c'est pareil en ce temps-là.

Ma mère a organisé cet étrange voyage scolaire en terre soviétique. Nous sommes un groupe d'une trentaine d'élèves et d'adultes à suivre son enthousiasme, de ville en ville, d'hôtel en hôtel, de boîtes de caviar en matriochkas. Elle est ma professeure de russe, je suis son pire cauchemar en classe. Incapable de me concentrer, j'oublie le vocabulaire plus vite que je ne l'apprends. Trop dissipé, je déconcentre les autres.

Douce et compréhensive, ma mère s'en désole sans jamais s'emporter. Parfois, elle m'expulse de classe, mais jamais je ne l'ai vue se fâcher vraiment face aux aléas de l'existence ou devant les pitreries de son fils. De toute façon, elle est tellement tête en l'air qu'elle est capable d'oublier qu'elle est en colère. Ma mère oublie tout ce qui n'a pas d'importance, c'est-à-dire à peu près tout. Ses lunettes sur sa tête, son fils à la sortie de l'école primaire. Quand elle a proposé au directeur du collège d'emmener ses élèves en Union soviétique, ce dernier s'est contenté d'ouvrir des yeux ébahis, et ma mère n'a pas insisté. Elle a attendu son heure en souriant. Finalement, elle a eu gain de cause.

Nous avons atterri quelques jours plus tôt en pleine nuit à l'aéroport de Kiev. Ensuite, nous irons à Moscou et à Leningrad. À la douane, face aux uniformes des soldats soviétiques, j'ai eu l'impression d'entrer par une porte magique dans *Bons Baisers de Russie*. À travers les vitres du bus qui nous a emmenés à l'hôtel, j'ai observé la ville, les larges avenues, pensées par Staline pour les défilés militaires, les églises orthodoxes aux bulbes dorés, les rares passants et les voitures quasi absentes.

Depuis sa naissance à Paris, de parents russes blancs émigrés de la Révolution de 1917, ma mère essaie de convaincre les Français que les Russes sont des gens comme les autres. Et pour satisfaire ce dessein étrange, elle s'est mise à organiser régulièrement des voyages en URSS en pleine guerre froide. Comme tant d'autres plutôt en désaccord avec ma mère, mon cousin Alexis est convaincu que la troisième guerre mondiale va très bientôt anéantir la planète. Tous les jours, il dessine dans son cahier de lycéen les plans détaillés de la navette spatiale qu'il projette de construire dans son jardin afin de sauver la famille de l'anéantissement. Ma mère pense différemment. Russe de France, elle croit que les Russes de Russie sont presque normaux, en tout cas juste assez normaux pour ne pas avoir envie de détruire le monde « même s'ils ont beaucoup souffert après soixante-dix ans de communisme ».

Mon cœur balance entre l'incrédulité pessimiste de mon cousin descendant de prince russe et la naïveté enthousiaste de ma mère descendant du bus pour admirer une nouvelle église sous l'œil hostile des trois gardes qui nous surveillent en permanence.

En attendant de choisir un camp, je savoure ma chance de pouvoir marcher, tout seul, à Kiev. J'ai laissé mon groupe, ma mère, les espions derrière moi pour me rendre dans une *beriozka*, où l'on achète en devises étrangères des produits introuvables ailleurs et réservés aux hauts fonctionnaires ou aux touristes. J'y ai déniché un élégant jeu d'échecs et un magazine de géostratégie écrit en français dont le titre m'a interpellé : « Qui menace la paix ? » Plus tard, je découvrirai en le feuilletant que c'est bien sûr l'Occident qui agresse l'Union soviétique. Ces considérations ne gâchent pas mon plaisir de fouler la terre de mes ancêtres, même si mes ancêtres sont nos ennemis et que leurs milliers de missiles nucléaires sont braqués sur Paris, Londres et Berlin.

J'ai très tôt compris que je n'avais pas vraiment un visage de Français, que mes yeux étaient trop bridés, ma tête trop ronde, mes pommettes trop hautes. Les autres Français n'appellent pas leur grand-mère babouchka, ils ne mangent pas des côtelettes russes ou du bœuf Stroganoff aux repas de fête, ils ne célèbrent pas et Noël et le jour de l'An au mois de janvier, ils ne font pas griller au barbecue des chachliks marinés toute la nuit dans les oignons, ils ne décorent pas leur intérieur de foulards fleuris, d'œufs peints ou de matriochkas, ils ne glissent pas dans leur bibliothèque des centaines de livres sur la Russie, sur Lermontov, Ivan le Terrible, Catherine II ou Pouchkine. Et, enfin, les autres Français ne sont pas d'emblée considérés comme plus violents, plus dangereux, plus attirés par les comportements extrêmes que la moyenne.

Quel sentiment vertigineux que de retrouver ses racines ! Prendre un avion et voler trois heures pour être au plus près de chez soi. Je marche sur le trottoir de l'ennemi. Je suis chez l'ennemi. Je suis l'ennemi. Et, pour la première fois de ma vie, à quatorze ans, je suis chez moi. Je ne parle pas la langue de ce pays, je connais mal son histoire, aucun de ses habitants ne me connaît, mais ce sentiment nouveau et profond m'ouvre l'âme en deux et me réchauffe les joues à faire fondre la neige sous mes pas…

Je suis chez moi.

4

Voilà trois jours que Vania est alité. Trois jours que Sacha veille sur lui. La fièvre a baissé, mais le jeune homme est encore faible. Le teint pâle, les joues creusées, il peine à articuler autre chose que des borborygmes. Sacha revient du marché où il a acheté du sarrasin pour préparer une kacha.

En pénétrant dans la chambre de son prisonnier, il marche sur la pointe des pieds, à la manière d'un ours qui danse. La fenêtre laisse passer une lueur faible qui éclaire la pièce meublée chichement : une table, une chaise, une étagère sur laquelle dorment trois livres poussiéreux, un miroir piqué très ancien. Sans regarder son reflet, Sacha se dit qu'en vieillissant les miroirs se couvrent de taches comme les mains des hommes.

Après sa capture, Vania avait été placé sous la responsabilité de Sacha, chargé de le surveiller. L'ancien pilote d'hélicoptère avait d'abord rechigné – garder un mercenaire de la compagnie Wagner, un salaud qui avait probablement commis des crimes de guerre, ça le répugnait.

Adam, le commandant du bataillon basé à l'école de musique, n'avait pas sourcillé. La guerre avait beau avoir taillé ses traits à la serpe – son visage ressemblait parfois à un tableau cubiste de Marcel Duchamp –, elle n'avait pas réussi à lui assécher le cœur, ni à atrophier son intelligence. Habitué à la haine profonde que ces mercenaires russes inspiraient à ses soldats, il avait écouté Sacha en hochant sa tête de cube triste avant de lui citer, de sa voix monocorde, la Convention de Genève. Surtout, il lui avait rappelé la valeur de ces prisonniers de guerre en cas d'échange. Les « Wagner » étaient peut-être des fils de putes, mais chacun valait la vie d'un soldat ukrainien.

Les autres prisonniers russes ne restaient jamais longtemps dans l'école de musique. La brigade les livrait rapidement aux services de renseignement militaire ukrainiens. Vania étant le seul « Wagner » capturé par le bataillon, il craignait d'être échangé.

— Si je rentre là-bas, je serai tué par les « musiciens » ! avait-il expliqué à ses geôliers en pleurant.

Le commandant Adam savait qu'il disait vrai. Le sort des « Wagner » échangés se réglait à coups de masse sur le crâne dès leur retour sur le sol russe. Pour l'exemple. Il avait donc décidé de gagner du temps avant de prendre une décision. La présence de ce « Wagner » fut dès lors dissimulée à tous, et Sacha et Vania passaient le plus clair de leur temps ensemble, à l'écart des autres.

Située à plusieurs dizaines de kilomètres du front, l'école de musique était déjà en partie détruite par d'anciens combats. Un large portail gris, jamais cadenassé, s'ouvrait sur des bâtiments éventrés. Dans une cour trônaient des carcasses de véhicules militaires marqués de grands Z blancs, symboles de l'armée russe en Ukraine. Isolés dans les sous-sols d'un ancien réfectoire, Sacha et Vania vivaient, mangeaient et dormaient là, entre trois murs borgnes, une porte métallique et des étagères vides couvertes d'un rideau fleuri et crasseux.

Le premier jour, Sacha avait prévenu Vania qu'il n'avait nul besoin d'une kalachnikov pour le tuer. Tout en parlant, il avait sorti une longue baïonnette du fourreau accroché à sa ceinture. Une lame de fabrication allemande dont la date de production était gravée sur le métal : 1939.

— Le type qui me l'a vendue m'a dit qu'elle avait été forgée pour égorger des Russes et qu'il espérait bien qu'elle servirait encore beaucoup, avait précisé Sacha.

Le vieux geôlier avait étudié les effets de sa menace sur son prisonnier, dont le visage avait blêmi – il paraissait l'avoir pris au sérieux. Sacha avait été surpris par l'allure générale du mercenaire. Il s'était attendu à un type patibulaire au regard noir, au front bas, tout en muscles, à une brute épaisse – en tout cas c'était l'idée qu'il se faisait d'un tueur déterminé à consacrer sa vie à détruire celle des autres, juste pour de l'argent. Incrédule, Sacha s'était retrouvé devant un jeune homme blond et maigre, au visage juvénile, avec des joues pleines, un nez droit, des lèvres fines et, dans les yeux, une candeur qui lui rappelait le regard stupide de son chien Lada, mort après avoir avalé une balle de tennis.

La première semaine, Sacha n'avait dormi que d'un œil, surveillant en permanence cet étrange tueur au visage d'enfant, puis il avait peu à peu baissé la garde. Parfois, il lui semblait même que Vania était totalement idiot. De cette bêtise atavique et butée qui se transmet quelquefois de génération en génération.

Dans l'ancienne école de musique, loin du front, le temps passait lentement. Pour s'occuper, Sacha et Vania partaient en forêt couper du bois, cuisinaient des soupes ou se mesuraient aux échecs. À l'occasion, Vania jouait un air avec l'accordéon chromatique que le bataillon avait déniché dans une salle de classe et dont personne ne savait se servir.

Sacha était tombé des nues en voyant les doigts de Vania pianoter avec agilité sur l'instrument et surtout en écoutant la musique douce, mélancolique, que celui-ci était capable d'interpréter. Il en avait été ému aux larmes, et ces petites séances musicales qui rythmaient leurs journées avaient beaucoup rapproché les deux hommes.

Les journées s'enchaînaient, toujours les mêmes, et Sacha découvrait en Vania un jeune garçon d'à peine vingt-trois ans agréable, serviable, et pour tout dire particulièrement gentil. Cette affabilité semblait sincère, ce qui continuait de surprendre Sacha. À tel point qu'un jour il s'était emporté :

— Mais comment un couillon de ton espèce a-t-il pu s'engager dans le groupe Wagner ? Comment peux-tu être à la fois un type aussi sympathique et le frère d'armes des pires enfoirés que la terre ait jamais portés ?

Vania était resté sans voix un moment avant de bafouiller ce qui lui paraissait être une évidence et l'absolvait de tous les péchés.

— Sacha, j'ai jamais tué personne !

Et Vania avait fini par raconter son histoire au vieil homme. À sa manière. Des phrases courtes entrecoupées de longs silences. Il était né dans un village près de Voroniej, d'un père tué par la bouteille alors qu'il était enfant et d'une mère dépressive incapable de s'occuper de lui et de ses quatre frères et sœurs. Il avait été élevé dans un orphelinat à Voroniej, avait fait de brèves études ponctuées de nombreuses bêtises, dont le vol d'une oie qui aura son importance plus tard. Il travaillait comme jardinier dans une école primaire pour un salaire de misère avant que sa vie ne bascule le jour de son anniversaire, trois ans plus tôt. Il aimait son métier, il aimait les fleurs. Ce jour-là, celui de ses vingt ans, il avait trinqué avec ses amis et avait bu plus que de raison. Sur le chemin du retour, totalement ivre, il était entré par effraction dans un jardin pour y admirer des rosiers et avait filé avec un agneau sous le bras.

— J'avais faim. Je voulais me cuisiner des chachliks. Je me suis fait bêtement pincer avec l'agneau dans les mains.

Après l'oie, l'agneau. C'en était trop pour la justice russe. Récidiviste, Vania avait été condamné à trois ans et demi de prison. Il purgeait la dernière année de sa peine dans le centre pénitentiaire de Voroniej quand Evgueni Prigojine, le fondateur du groupe Wagner, avait débarqué un matin d'automne devant tous les détenus réunis dans la cour de la prison. Les sept cent soixante-sept prisonniers avaient bu les paroles de ce tribun en treillis sur lequel étaient épinglées trois médailles militaires. Les détenus savaient qu'avant de devenir un proche de Vladimir Poutine et de faire fortune par son entremise, Prigojine avait été lui aussi un bandit et condamné dans les années 1990. Comme il avait été l'un d'entre eux, sa parole était écoutée.

— Il parlait fort et il nous a raconté que la guerre en Ukraine était pire que la Grande Guerre patriotique de 1941-1945. Qu'il fallait tuer tous les nazis ukrainiens. Et qu'on devait reprendre la terre qui nous appartient.

Prigojine leur avait ensuite expliqué qu'ils pouvaient tout recommencer à zéro, qu'ils seraient payés rubis sur ongle 150 000 roubles par mois pendant la formation et 200 000 pendant leur mobilisation sur le front.

— Tous les gars étaient enthousiastes. Pour une fois qu'on avait du bol, qu'on nous donnait une deuxième chance. Moi, j'ai pas pensé qu'il me restait qu'un an à tirer, j'ai appelé ma mère, je lui ai annoncé la bonne nouvelle, je lui ai dit qu'elle pourrait même récupérer mon argent en mon absence, que tout était bien organisé. Elle m'a répondu que j'étais débile d'y aller.

En écoutant Vania, Sacha avait secoué la tête, comme s'il doutait qu'un type jouant aussi bien de l'accordéon puisse être aussi con. Voler un agneau, écoper d'une peine aussi lourde pour ce larcin, croire les mots de Prigojine sans voir que l'homme porte son âme damnée sur sa face vérolée, tout cela à un an de sa libération. Non mais quelle bêtise !

Dans la chambre de Vania, loin, très loin de l'école de musique du Donbass, Sacha fixe le visage endormi de son prisonnier. Il ne peut pas s'empêcher de penser à son propre fils mort à peu près au même âge dans un accident de la circulation. Kolia avait bu, lui aussi. Le vieil homme se remémore la dernière nuit avant les funérailles, quand il avait veillé le corps de son fils sans jamais le quitter des yeux, pour ne pas l'oublier, pour graver à jamais ses traits dans sa mémoire. Kolia, qui paraissait dormir, avait la même expression de sérénité béate que Vania en cet instant.

Sacha joint ses mains sur ses genoux. Vania ne va pas rester au lit toute sa vie. Il va guérir. Il faudra lui dire. Le commandant Adam a appelé. Il va venir les voir en personne, et ce n'est pas une bonne nouvelle.

5

24 février 2022. Patrick ne passera pas la nuit. Le médecin est formel. Si nous repartons vers les nouveaux fronts, à Kiev ou Kharkiv, la deuxième ville du pays, il va crever. Il souffre d'une occlusion intestinale qui lui dévore le ventre. Il doit rester à l'hôpital et sans doute subir une opération en urgence. Malgré la douleur, Patrick est stoïque ; sa peau est grise mais il ne se plaint pas. Il a simplement du mal à y croire – lui, le photographe de guerre qui a survécu à tant de conflits, est aujourd'hui immobilisé par un nœud intestinal au fin fond du Donbass dans un hôpital datant de l'Union soviétique le premier jour du plus grand conflit depuis 1945.

Maksim nous a déposés devant les bâtiments du petit centre hospitalier de Lozova, mais doit repartir aussitôt. Parmi ceux qui nous ont aidés, beaucoup ont cessé de le faire. Les Ukrainiens sont abasourdis, ils ne croyaient pas vraiment à cette offensive. Mais maintenant que la furie progresse, ils pensent d'abord à ce qu'ils ont de plus cher – leur famille.

Avant de s'en aller, Maks me sourit. Je suis ému, j'ai tout de suite aimé cet homme. Dans ses yeux danse une lueur étrange, quelque chose d'irréparable, propre à ceux qui ont vu la guerre de trop près – c'est un peu terrifiant, on ne voudrait pas attraper cette douleur-là. Je le salue une dernière fois. Je ne le reverrai plus jamais.

Tandis que Patrick passe une série d'examens, je tue le temps dehors en fumant une cigarette en compagnie de Stanislas, un grand escogriffe qui souffre des reins, et de Irina, une adolescente qui écoute en boucle du rap ukrainien dans son casque et sort d'une crise d'appendicite aujourd'hui. Pendant la guerre, les gens continuent de tomber malades.

J'essaie de comprendre ce qui se trame sur le front. À quelle vitesse les Russes vont-ils dévorer l'Ukraine ? Kiev va-t-elle être prise en quelques jours comme le prédisent mes amis à Paris ? Les Russes grignotent du terrain à Kharkiv, à quatre-vingts kilomètres au nord de notre hôpital. Ils progressent aussi au sud, du côté de Marioupol. Leur armée forme une gigantesque pince qui va se refermer là où nous sommes terrés. Il faut fuir. La guerre distord la perception du temps et de l'espace. Nous allons passer la nuit et la journée suivante, convaincus que les Russes sont sur le point de détruire notre hôpital, de violer les infirmières, d'achever les malades. Il faut s'échapper avant l'arrivée de la horde sauvage. Mais pour cela, Patrick ne doit pas mourir.

Je monte dans sa chambre d'hôpital que je vais partager avec lui au fond d'un couloir aux murs vert pomme. Une infirmière pas commode m'a obligé à porter des surchaussures bleues pour me déplacer – des surchaussures en pleine guerre ! Je m'allonge dans des draps d'enfant à l'effigie de Donald et Mickey. Tout cela ressemble à une mauvaise blague. Pas un son au-dehors. Pas une détonation. Le calme absolu de la campagne ukrainienne. J'imaginais autrement ce premier jour de conflit. J'ai l'impression d'être le pire correspondant de guerre sur terre ; mon incroyable flair et ma chance m'ont conduit dans l'endroit le plus paisible du pays, au chevet d'un malade censé prendre les photos qui accompagneront l'article que je n'écrirai pas puisque je ne sais rien de ce qui se passe autour de moi.

Le vent a tourné dans la nuit. Patrick n'est pas mort. Il revient de ses examens avec une expression désabusée. Il a survécu à ses infirmières. Il m'explique avec force détails comment il a combattu des blouses blanches déterminées à lui enfoncer des tuyaux dans le cul et dans la bouche.

— Elles sont perverses et sodomites, c'est la seule explication, raille-t-il.

Je me tiens les côtes en remerciant le ciel de me trouver en compagnie d'un type capable de danser sous l'orage quand tant d'autres pleurent à genoux sous la pluie. J'use de mon russe indigent avec le médecin qui me confirme à l'aide d'une application de traduction que Patrick devrait survivre, mais qu'il serait préférable de l'évacuer au plus vite. Dans la foulée, j'appelle Europe assistance qui ne donne pas suite à ma requête. La conversation est brève.

— Vous êtes dans quel pays ?

— En Ukraine.

— …

Plus de traducteur, plus de voiture, un photographe malade. Et il faut détaler. Voilà l'équation à résoudre. Aucun chauffeur n'accepte de nous reconduire à Kiev et encore moins à Lviv, à plus de mille kilomètres près de la frontière polonaise. Trop risqué. Trop aléatoire. Les stations-service sont prises d'assaut et à court de carburant. L'avancée des troupes russes effraie tout le monde. Les Ukrainiens en parlent comme d'une invasion d'insectes géants. Ils surnomment les Russes les « Orques », tandis que les Russes parlent de « nazis ukrainiens ». Le processus vieux comme le monde de déshumanisation de l'adversaire est déjà engagé. Lorsqu'on aura ôté toute humanité à l'ennemi, il sera plus facile de le piétiner.

Pour sauver nos fesses, il ne reste que le train, le lendemain soir. Encore faut-il atteindre la gare de Zaporijjia, à trois heures de route de l'hôpital, plein sud. On dit que plusieurs ponts seraient minés sur le chemin. L'information est incertaine, mais personne à l'hôpital ne veut prendre le risque d'emprunter cette route dangereuse.

— J'ai des enfants, soupire le médecin qui s'est occupé de Patrick et envisage lui aussi l'exil.

La peur s'insinue partout. Les arbres sont menaçants, le vent prend des allures de traître et les ombres affichent une volonté sinistre. Heureusement, un radiologue courageux finit par se dévouer. Par bonheur, aucun pont n'explose à notre passage.

À 4 heures du matin, à la gare de Zaporijjia, des milliers de passagers se pressent, ployant sous le poids des valises dans lesquelles est entassé l'essentiel de leur vie. Ils partent pour un voyage sans retour. Les combats se rapprochent. Le sol de la gare vibre. En entendant au loin les déflagrations, la foule se précipite pour traverser les voies qui disparaissent dans la nuit. La scène rappelle l'exode, la débâcle. Les Ukrainiens résistent avec leur armée régulière et un grand nombre de volontaires. Hier profs, médecins, ouvriers, employés, ils sont aujourd'hui en première ligne.

Les Russes sont là, si proches… Ils progressent vite, sur ce front ouvert depuis la Crimée. Nous croisons des soldats ukrainiens qui patrouillent autour de la gare comme si l'ennemi allait d'un instant à l'autre leur sauter à la gorge. Ma gueule ne leur revient pas. Ils me braquent, me fouillent, m'interrogent et soupirent de soulagement en découvrant mon passeport français. Est-ce une bonne idée d'avoir une tête de tueur russe dans un pays attaqué par des tueurs russes ?

Dans une gigantesque salle d'attente plongée dans le noir à cause des risques de raids aériens, une foule de voyageurs patiente. Parmi eux, Sergueï, Lioudmila et Viktoria, leur petite fille, tentent de recouvrer leurs esprits. Ils fuient eux aussi. Ils ont été témoins de combats sanglants à Kharkiv. Sergueï est hébété, en état de choc. Il n'avait jamais vu de cadavres auparavant.

C'est l'heure. La foule s'anime, tel un corps unique avec mille têtes. La masse vibre, crie. Chacun essaie de se frayer un chemin. Sur les rails, un large faisceau de lumière fend la nuit en deux blocs opaques. Ce vieux train cabossé semble surgi du passé. Des familles ukrainiennes, des étudiants marocains, camerounais ou nigérians se dépêchent de grimper dans ces wagons soviétiques hors d'âge dont l'acier, repeint cent fois, rappelle celui des bateaux érodés par les tempêtes. Ce train d'évacuation se rend à Lviv, à l'autre bout du pays. Dix-huit heures de voyage en frôlant des zones de combat. Il transporte deux fois plus de passagers que d'ordinaire : trois cents par voiture. Sur le quai, une femme nous interdit de la photographier.

— Spoutnik ! crie-t-elle en désignant le ciel.

— Les Russes surveillent ; la photo va être vue, et le train, bombardé, m'explique sa voisine.

Plus loin, Eliena serre dans ses bras un petit chien. Elle pleure devant la porte close d'un wagon. Elle est arrivée trop tard, le train est déjà complet. Elle ne pourra pas rejoindre son amoureux, qui vit en Pologne. Heureusement, Ivan, le chef de wagon, coiffé d'une large casquette digne d'un préfet, intervient et lui déniche une place dans un coin. Une autre femme, moins chanceuse, hurle de désespoir. Son vieux père est resté sur le quai, et Ivan n'y peut plus rien. L'homme regarde les portes se fermer et le train démarrer dans un spasme métallique. Il demeure immobile, les bras ballants. Sa fille pleure derrière la fenêtre.

Le train de la dernière chance s'enfonce dans la nuit. Un sentiment ambivalent, que j'éprouve toujours en zone de guerre, monte du fond de mon ventre : je suis à ma place. L'angoisse, la peur sont balayées par ma certitude d'être là où je dois être, au cœur de la tragédie que vivent les Ukrainiens. Je suis là pour témoigner et recueillir leurs histoires afin qu'ailleurs, loin d'ici, le monde sache contre quels vents contraires ils s'épuisent, quelle injustice les foudroie, et surtout quelle force les anime quand leur univers s'écroule. Dans la même seconde, je devine que mes mots ne changeront pas le cours de l'histoire et n'arrêteront pas la guerre. Des cailloux jetés dans l'écume d'un torrent. Mais chaque fois je pense au Sisyphe de Camus ; je regarde rouler mes cailloux et je choisis de mépriser mon impuissance. À cet instant précis, tous les sacrifices sont légitimes et tous les doutes s'effacent devant une conviction viscérale : je suis à ma place dans ce train, au cœur de cette guerre. Je suis à ma place car je vais raconter, et mes propres questionnements existentiels vont se dissoudre dans l'acide de la vie des autres. La prise de risque, la gloriole, l'égotisme ridicule, tout va s'évanouir. Je suis à ma place parce que je suis absent à moi-même, je suis à ma place parce que je ne suis plus là.

Dans notre compartiment, huit personnes, parmi lesquelles Svetlana, soixante-trois ans, sa fille, Marine, trente-sept ans, et leur chinchilla, Marina, qui fait office de doudou vivant. Sept millions d'Ukrainiens ont déjà quitté leur maison à cette date. Le mari de Marina est resté à Zaporijjia pour combattre : interdiction, pour tous les hommes de dix-huit à soixante ans, de quitter le territoire depuis l'instauration de la loi martiale. Les deux femmes s'endorment en silence, bercées par les soubresauts réguliers du train. Deux heures plus tard, elles se réveillent. Le mari de Marina vient d'appeler : Zaporijjia, que nous venons de quitter, a été bombardée. Les deux femmes ne diront plus un mot jusqu'à la fin du voyage. Alexeï non plus. Il a neuf ans, des yeux d'un vert extraordinaire, et il croque un morceau de chocolat en jouant sur son téléphone portable. Avec sa mère, Galina, ils espèrent atteindre la Pologne. Le mari de Galina vit en Hongrie.

— Trop loin, trop cher pour nous, soupire la jeune femme.

Tout à coup, le train s'arrête. Nous sommes arrivés à la gare de Dnipro. Des centaines d'autres passagers essaient d'entrer dans les voitures déjà pleines. Les règles volent en éclats. Une marée humaine pénètre de force dans le convoi. Les passagers déjà installés verrouillent leur compartiment pour empêcher la vague de les emporter et se bouchent les oreilles pour ne pas entendre les hurlements des enfants coincés dans la mêlée, et ceux des pauvres bougres qui supplient qu'on les laisse entrer. La scène est terrible, un cauchemar. Alexeï est terrorisé. Sa mère le serre dans ses bras. Je me retiens d'ouvrir la porte pour sauver ces gens, mais j'ai conscience que la bousculade tournerait au chaos. Je suis trop lâche pour être à la hauteur de ce qui, à cet instant, me semble être la seule solution pour sauver notre dignité à tous : ouvrir la porte et étouffer ensemble la tête haute.

Le dernier convoi pour Lviv roule maintenant depuis plus de sept heures. Derrière la porte, les bruits se sont éteints. Je redoute de quitter le compartiment et de découvrir des dizaines de cadavres enchevêtrés, piétinés, sans vie. Parfois, le train s'immobilise en pleine nature. Les risques de bombardement décident de son rythme, et les aiguillages lui permettent de prendre des chemins de traverse plus longs, mais plus sûrs.

Lorsque je me décide à ouvrir la porte du compartiment, je suis étonné de ne voir aucun corps ; il y a même de l'espace entre les passagers qui somnolent sur leur valise. Aurais-je rêvé ? La foule a-t-elle reflué pour prendre un autre train ?

Dans sa cabine minuscule, Ivan, le chef de wagon, a rangé sa casquette de préfet. Il sert le thé, le café, ou distribue gratuitement des bouteilles d'eau aux passagers qui ont l'audace de se frayer un chemin jusqu'à lui. Quand ils s'endorment enfin, il s'informe, le nez rivé sur son téléphone. À la surprise générale, les Russes n'ont pas coupé Internet. Ivan rit en regardant la vidéo de ce fermier qui, à l'aide de son tracteur, vole un tank en panne et abandonné. Il reste impassible en découvrant ces colonnes de blindés vitrifiés lors d'embuscades ukrainiennes. Il soupire en apprenant l'âge des soldats de Poutine, « des gamins, ils ne savent même pas où ils sont, ni ce qu'ils font là », puis sourit de voir ses compatriotes résister partout. Il est sidéré par le courage de ces villageois qui arrêtent des colonnes de chars en faisant barrage de leur corps, ou celui des treize hommes de l'île des Serpents, un caillou situé dans le delta du Danube. Sous la menace de tirs d'un croiseur russe, ces gaillards ont répondu par radio à leurs agresseurs : « Allez vous faire foutre. »

Le jour s'est levé, pâle et triste. L'air est jaune et sale. Le train de la dernière chance a dépassé les zones dangereuses. Dans le couloir, trois jeunes filles regardent défiler le paysage, moins menaçant. Daria, Anastasia et sa petite sœur Vika, treize ans.

Daria et Anastasia sont amies et partagent un appartement à Kiev. La veille de la guerre, le 23 février, après sa séance de squash, Daria a retrouvé son amie, elles ont préparé un bortsch et se sont couchées sans imaginer que c'était leur dernière nuit de femmes insouciantes. Vika se rappelle qu'au même instant elle apprenait ses leçons. Quand fera-t-elle de nouveau ses devoirs ? se demande-t-elle à voix haute en contemplant le vide à travers la vitre. Quand je croise son regard, je n'y reconnais pas son âge. En deux jours la guerre a pris son enfance.

Le premier missile russe est tombé sur l'immeuble en face de l'appartement des jeunes femmes.

— À 5 heures du matin, comme l'opération Barbarossa de Hitler ! précise Daria.

Les deux amies sont alors parties retrouver leur famille dans l'est du pays, où elles ont récupéré Vika. Puis, dès le lendemain, elles ont repris ce train pour Lviv. Elles ont décidé d'atteindre la frontière avec la Pologne. Là-bas, elles serviront comme volontaires pour l'effort de guerre. Daria fixe l'horizon, les traits de son visage sont durs tandis qu'elle murmure :

— On n'a plus rien à perdre. Je ne ressens rien. Je n'ai pas d'émotions. Je suis dans un film, un film catastrophe. Je réagirai peut-être quand j'aurai traversé la frontière. Depuis soixante-dix ans, l'Allemagne s'excuse de ce qu'elle a fait. Ce sera la même chose pour la Russie. Elle prendra le même chemin. Elle subira le même châtiment.

Un petit garçon écoute notre conversation. Il s'appelle Hassan, il a onze ans. Il porte un bonnet bleu, une doudoune, un sac à dos dans lequel son passeport est bien caché. Il a de grands yeux noirs effrayés. Il tient collé contre lui son téléphone portable par crainte de se le faire voler. Il a peur de moi. Il a peur de tout le monde. Je commence à lui parler, et Daria traduit pour moi. Je comprends que ce téléphone est son seul et dernier lien avec sa famille. Il voyage seul avec un numéro de téléphone inscrit sur la main, il me le montre avec un faible sourire. C'est celui de son grand frère qui étudie en Slovaquie. Quand Yuliia, sa mère, lui a demandé de prendre ce train tout seul, il a refusé, terrifié. Mais Yuliia a insisté. Comme elle ne pouvait pas abandonner sa mère de quatre-vingt-quatre ans, malade et sans défense, elle n'avait guère d'autre choix : soit elle laissait son fils risquer sa vie à Zaporijjia, soit elle l'envoyait en lieu sûr, loin d'elle.

L'histoire de Hassan est terrible. En 2012, après la disparition de son père, un Syrien, sa mère ukrainienne quittait Alep sous les bombes avec ses enfants sous le bras. Hassan avait alors un an. C'est la seconde fois qu'il quitte un pays en guerre, mais cette fois-ci, sa mère n'est pas là. Quand le train a démarré, Hassan a retenu ses larmes et s'est répété en serrant les poings : « Je suis un homme, et un homme ça ne pleure pas. »

Depuis le début du voyage, l'enfant n'a parlé avec personne. Pour lui, les minutes se sont étirées en heures. Enfermé dans cette coque de métal, le temps s'est distordu et l'a enveloppé tout entier. Lorsque Daria, Anastasia et Vika retournent dans leur compartiment, Hassan et moi, nous restons tous les deux dans le couloir, silencieux, jusqu'à notre arrivée à Lviv.

Un dernier hoquet du train et c'est la fin du voyage. Dans la gare, des milliers de réfugiés cherchent leur chemin ou une correspondance. Hassan retrouve Nastia, une amie de sa famille qui l'attendait – il prendra dès demain le train pour la Slovaquie. Il me salue en souriant. Ses yeux brillent désormais, et cet éclat me remonte le moral. Ivan, le chef de wagon, s'essuie le front et s'allume une cigarette. Alexeï s'accroche à la main de sa mère et tous les deux disparaissent dans la foule. Patrick claudique avec élégance. Il se sent de mieux en mieux. C'est un roc. Sur le parvis de la gare, un groupe de Témoins de Jéhovah accueille les voyageurs en chantant des cantiques tandis que la neige tombe à gros flocons sur toutes ces valises, ces visages défaits, ces angoisses mêlées.

Le soir, à la télévision, Vladimir Poutine brandit la menace nucléaire pour punir les alliés de l'Ukraine. Je suis sorti sur le balcon de ma chambre d'hôtel pour fumer une cigarette lorsque les sirènes se mettent à hurler. Mais leur cri strident ne parvient pas à gâcher la beauté cristalline des ruelles enneigées.

6

Je suis fier d'être russe. Une couche de givre recouvre les fenêtres d'un autre train de nuit qui serpente très lentement au milieu d'immenses forêts de bouleaux endormies sous la neige. Nous sommes en 1988, quelque part entre Moscou et Leningrad. J'ai seize ans. Les Soviétiques appellent ce train mythique la *Flèche rouge*. Il relie les deux villes depuis 1931 – Staline, qui avait une peur bleue de l'avion, a un jour décidé de faire revivre la belle industrie ferroviaire du temps des tsars.

Le train est spacieux et confortable. Ses wagons ont été assemblés en Allemagne de l'Est, leur design est simple, les matériaux sont solides, les compartiments garnis de tentures, de tapis en laine, de miroirs. Les draps, couvertures et serviettes sont frappés du logo de la compagnie. Un cocon de métal, de cuir et de coton pour rallier les deux capitales. Départ à 23 h 55 précises pour huit heures de voyage et six cent quarante-quatre kilomètres. Même au milieu de la nuit, je garde le nez collé à la vitre. L'épaisseur de la glace sur la fenêtre m'empêche de distinguer les détails du paysage éclairé par la lune. Ce tableau abstrait et lumineux s'incruste dans ma mémoire comme une lucarne ouverte sur un monde étrange, magique, peuplé de créatures surnaturelles.

Ce matin, le thermomètre a flirté avec les -20 °C, et l'autobus qui nous trimballait a refusé de démarrer. Nous sommes tous redescendus pour regarder opérer le conducteur. Avec nonchalance, il a sorti un chalumeau et s'est allongé sous le bus pour réchauffer le réservoir. À cet instant, en voyant la flamme jaune et bleue lécher le réservoir gelé, j'ai compris que les Russes avaient non seulement une autre manière de réfléchir que les Français, mais aussi des notions de sécurité très relatives. Pour eux, les risques sont des aléas avec lesquels il faut apprendre à vivre ou bien mourir.

Est-ce pour correspondre à ce schéma mental que j'ai été si peu responsable ? Est-ce pour être plus russe que les Russes que j'ai si souvent ignoré les risques ? Est-on la somme des histoires dont on hérite ou cherche-t-on à coller à ce qu'on croit être notre héritage ? Qu'y a-t-il dans le sang russe ? De la glace ? De la vodka ? De la violence ? De la bêtise insouciante ? Des gènes dangereux ?

Je m'interroge, allongé sur ma banquette moelleuse, bercé par les cahots des voitures sur les rails, les vibrations mates au passage des aiguillages. J'écoute Tears for fears dans mon walkman. *Change.* Un sac de sable m'écrase la poitrine, mais un ballon d'hélium m'allège la tête. Je mettrai des semaines à comprendre que je suis en train de tomber amoureux pour la première fois de ma vie. Une fille rencontrée pendant ce deuxième voyage scolaire sur la terre de mes ancêtres. Elle est dans le même lycée que moi, mais elle est en classe de première alors que je ne suis qu'en seconde. La veille, nous avons parlé sur la place Rouge, devant le mausolée de Lénine, au moment de la relève de la garde, sous le carillon de la tour Spasskaya. Nous n'avons pas échangé de baiser, juste quelques mots. Elle dort dans ce train, dans un autre compartiment, et je rêve à elle en me mirant dans le givre. J'ai découvert l'amour en Russie. C'est seulement aujourd'hui, trente ans plus tard, que je le réalise.

Installée dans une étroite guérite au bout de chaque wagon, une hôtesse en uniforme distribue des tasses de thé aux voyageurs. L'eau chaude coule d'un immense samovar en fonte placé à l'entrée des voitures. Ses ongles sont peints en rouge vermillon. Je me rappelle parfaitement ses doigts autour des tasses. Demain matin, elle distribuera dans chaque compartiment des gâteaux secs en guise de petit déjeuner.

Voilà ma mère qui passe son nez dans l'entrebâillement de la porte. Elle non plus ne dort pas. Juste avant de partir pour la gare, dans l'alcôve secrète d'un hôtel de Moscou, elle a troqué un jean Levi's contre une boîte de caviar à un trafiquant de rêves – les Russes sont avides de produits occidentaux auxquels ils n'ont pas accès. Je la vois entrer à pas de loup dans mon compartiment. Fière de son forfait, elle me fixe avec un air de voleuse de poules. Ou plutôt avec l'air de ne pas y toucher. Ma mère est probablement la pire actrice du monde. Elle roule des yeux en croyant se donner une allure discrète puis me tend d'un geste trop brusque la boîte ronde de caviar. J'en prends une petite cuiller qui fond dans ma bouche. Le goût est salé, délicat. Dans ma mémoire gustative, il sera à jamais associé aux trains de nuit russes. À l'avenir, les rares fois où l'un de ces petits grains noirs et translucides aura l'heur de se trouver sur ma langue, c'est la Russie tout entière qui entrera dans ma bouche. Avec ses forêts infinies, ses samovars rutilants, ses poupées fleuries, encastrées les unes dans les autres, ses bouteilles de vodka, ses stations de métro qui ressemblent à des palais de marbre, ses églises aux bulbes dorés, sa relève de la garde devant le mausolée de Lénine et son carillon de la place Rouge. Je regarde en souriant ma mère repartir vers un autre compartiment pour distribuer discrètement ses œufs. Ma mère est un cas. Certes, toutes les mères le sont. La mienne, pas moins qu'une autre. Elle a des pommettes hautes, des yeux noisette en amande, des cheveux blonds bouclés, tout son visage témoigne de ses origines. Elle est l'une des professeurs les plus aimées du collège et du lycée. Quand je demande à mes camarades de classe pourquoi, ils me répondent invariablement : « Parce qu'elle est un peu excentrique ! »

J'ai grandi dans les années 1980 dans une banlieue pavillonnaire du Val-d'Oise, au nord de Paris. Durant les matchs de foot qu'on improvisait sur des terrains vagues, il y avait des Algériens, des Sénégalais, des Italiens, des Espagnols, des Portugais, des Turcs, des Vietnamiens ; je crois que pas un de ces joueurs du dimanche n'avait ses deux parents français. Moi, j'étais le Russe de la bande, même si je ne parlais pas la langue, même si je n'avais jamais mis les pieds en Union soviétique avant ces deux voyages scolaires. J'étais le Russe et j'étais fier de cette différence, comme mes copains étaient fiers de leur Portugal, de leur Algérie ou de leur Sénégal.

La formidable puissance des origines russes a écrasé toutes les autres racines de ma famille – la culture sud-américaine de mon père, né au Chili, la Sicile de la mère de mon père, la Belgique de son père né en Flandres, l'Arménie, la Biélorussie, la Pologne, l'Irlande, tous ces pays qui dansent sur trois ou quatre générations dans mes gènes. Chez nous, les chiens s'appellent Raspoutine ou Liouba, à la Pâque russe, on peint des œufs durs, on cuisine des koulitchs et la paska, et où que l'on soit, on s'appelle pour prononcer la salutation pascale « Христос Воскресе ! » (Le Christ est ressuscité !), à laquelle on répond du tac au tac, « Воистину Воскресе ! » (En vérité, il est ressuscité !). Chez nous, les hommes s'appellent Vladimir, Ivan, Youri, Alekseï, Milan, Anton, mes sœurs se nomment Tatiana et Sonia, et par un étrange hasard je suis le seul à porter un prénom qui sonne français. Je suis le seul à avancer masqué.

Les parents de ma mère ont fui leur pays après la Révolution de 1917 et se sont rencontrés en France. Sa mère, Anna, la Babouchka de mon enfance, est née en 1911 à Babrouïsk, une ville aujourd'hui située entre Minsk et Kiev, en Biélorussie. À cette époque, tout était russe, l'empire engloutissait les territoires, phagocytait les cultures. Son père, Alexis, officier du tsar Nicolas II, était affecté dans la caserne de la ville. Selon la légende familiale, cet arrière-grand-père est mort à la fin de la guerre civile en voulant saluer une dernière fois sa famille à Babrouïsk avant de quitter la Russie avec ses troupes mises en déroute. Il voulait annoncer à sa femme qu'il partait, mais qu'il reviendrait. Hélas, il s'est fait prendre par les Rouges, et il a été fusillé dans un fossé.

Babou a vécu cinq années de guerre civile, les épidémies de typhus, la grande famine. Elle n'en a jamais parlé. Elle a toujours refusé.

— Elle changeait de couleur quand je l'interrogeais, elle devenait verte, m'a raconté ma mère.

En 1923, enfin, la famille émigre par le train vers Riga en Lettonie. En guise d'adieu, les copines de classe de ma grand-mère lui offrent un carnet dans lequel elles ont écrit des poèmes et dessiné de jolies fleurs. Babou ne l'a jamais montré à personne. Ma mère l'a découvert après sa mort, en rangeant ses affaires.

En revanche, ma grand-mère nous a souvent parlé d'une adorable petite chapelle sur la place Rouge, Notre-Dame-de-Kazan, dédiée à la Sainte Vierge, dans laquelle elle a allumé une bougie avant de partir pour ce voyage sans retour. Et quand, des années plus tard, ma mère a foulé le sol de la place Rouge, ne voyant aucune chapelle, elle a pensé que Babou se trompait, que cette église n'existait que dans sa mémoire meurtrie. Mais chaque fois, pour ne pas faire de peine à sa mère, elle prétendait avoir, comme promis, allumé pour elle une bougie dans la petite église à l'entrée de la place Rouge.

Bien après la mort de ma grand-mère et celle de l'URSS vaporisée dans les soubresauts de l'histoire, les Russes ont construit une jolie petite chapelle à l'entrée de la place Rouge, nommée Notre-Dame-de-Kazan. Ma mère en a été sidérée : la mémoire de

Babou ne l'avait pas trahie ! Cette église avait bel et bien existé, mais avait été détruite par Staline car elle gênait l'entrée des chars lors des défilés militaires sur la place Rouge. Les Russes ont fini par la reconstruire à l'identique.

Deux ans après son arrivée en France, ma grand-mère Anna remporte à l'école un premier prix de rédaction. Elle est brillante. Elle se marie très tôt avec un authentique prince russe nommé Bibikoff. Elle a deux enfants, mes chers oncles Georges et Alex, diadia Jojo et diadia Alex pour les intimes.

Mes oncles russes ont beaucoup compté pour moi. Sans le chercher, ils m'ont transmis un héritage « par la bande », de manière indirecte, comme le font souvent innocemment les oncles et les tantes, débarrassés des obligations propres aux parents. Ils étaient des princes tatars, les descendants de fous furieux nés sur un cheval avec un sabre à la main, qui écumaient les steppes russes et semaient le chaos dans leur sillage. Ivan le Terrible avait anobli ces guerriers encore plus féroces que lui pour avoir la paix. Diadia Jojo était un chêne, un géant fou de bagnoles, de vitesse, de chasse, de rugby, de nature, amoureux des animaux qui le lui rendaient bien. Il était prince, mais vivait en moujik : humble, jamais plus heureux que les pieds dans des bottes et les bottes dans la terre. Son humilité prospérait dans un univers de démesure, ou plutôt à la mesure de sa manière de voir : large, haute, généreuse. Quand il fallait acheter trois andouillettes, il en commandait huit ; quand cinq croissants suffisaient, il en rapportait quinze ; et les bouquets de fleurs qu'il offrait ressemblaient à des forêts tropicales. Comme nombre de Russes, diadia Jojo vénérait les champignons et surtout les cèpes. Un jour, il s'est mis à genoux pour supplier ma mère de le laisser cueillir deux bolets bronzés lovés l'un contre l'autre. L'espièglerie n'a jamais déserté son âme. Ma mère l'a vu crocheter en cachette un poisson frais au bout de la ligne d'un mauvais pêcheur pour lui faire plaisir. Je ne l'ai jamais entendu dire du mal de quiconque. Il m'a transmis l'amour des cèpes, de la nature et la haine de la pingrerie. Lorsque je me trouve trop à l'étroit dans ma manière de penser, et que je me juge parcimonieux, je pense à diadia Jojo et je commande trois andouillettes de plus ou un sapin de Noël qui touche le plafond.

Si Georges était un chêne, diadia Alex est un roseau qui plie et ne rompt jamais, un hédoniste amoureux des voyages, un séducteur irrésistible qui très tôt a choisi d'affronter les affres de l'existence en leur opposant un sourire franc. L'optimisme de la volonté contre le pessimisme de l'intelligence. J'ai moins de souvenirs de lui parce qu'il était toujours par monts et par vaux, mais je sais qu'il m'a légué la furieuse envie de ne pas en découdre, de ne pas voir la vie comme un combat, mais plutôt comme un jeu. Il m'a donné le goût de l'esquive et transmis sans le savoir cette conviction ancrée : la légèreté triomphe de la profondeur, la sensation, du raisonnement.

Après sept années de mariage, le père de mes oncles et ma grand-mère se séparent, et Anna part tenter sa chance à Paris. Elle devient mannequin. On lui crée des robes sur mesure. Ses photos hantent encore aujourd'hui la maison de ma mère, tapissent les murs des maisons de mes sœurs.

Je n'ai presque aucun souvenir d'une discussion avec ma grand-mère. J'étais trop petit, elle était trop brisée. Je ne sais pas vraiment quelle femme elle était. Ma mère m'a assuré que c'était quelqu'un de bon, de foncièrement charitable et, en même temps, une âme blessée, une femme tyrannique, habitée par des fantômes.

— Tu sais, elle a tué ma jeunesse, m'a confié un jour ma mère, qui a dû devenir adulte beaucoup trop tôt parce que Babou, dévastée par le chagrin, n'était plus en mesure de s'occuper de rien.

Je n'ai pas connu mon grand-père Samuel. Ma mère non plus. C'est une blessure inguérissable. Elle avait six ans quand il est mort, lâché par son grand cœur, et elle n'a pas eu le droit d'assister à ses obsèques. Elle ne garde de lui que quelques photos sépia qui me serrent la gorge chaque fois que je les regarde. Sur la photo que je préfère, Samuel et ma mère sont à la montagne : elle, petite fille blonde pleine de boucles, sourit dans ses bras, lui aussi sourit, ils se ressemblent, ils s'aiment dans la neige. Quand ma mère interrogeait Babou à propos de Samuel, celle-ci coupait court à ses questions :

— Tu ne t'intéresses qu'à ton père ! Jamais à moi !

Samuel est né en 1901 à Erevan en Arménie, mais il vivait avec toute sa famille à Saint-Pétersbourg. Il ne parlait que le russe et ne connaissait aucune coutume arménienne. L'Empire russisait à tour de bras les élites nées dans ses régions satellites. Même le nom de la famille, Kiandjounzian, avait été russisé en Kanjounzeff. Aujourd'hui, il ne reste rien de nos origines arméniennes, sauf un tombeau au cimetière du Père-Lachaise dont les inscriptions sur le granit sont écrites en vieil arménien. La Russie a tout dévoré.

Samuel vivait à Paris quand la révolution a éclaté. Il poursuivait des études d'ingénieur en électricité, « alors qu'il ne sait pas changer une ampoule », ironisait Babou. Gaïka, son père, n'était pas noble. C'était un grand bourgeois arménien russe, un homme d'affaires. Il reste une photo de lui dans les malles de la famille. Il semblait dur au mal, impénétrable, austère, tout en arêtes, sans compromis. Une vraie porte de prison – tout l'opposé de son fils Samuel, de ses rondeurs diplomatiques, de ce visage ouvert qui sourit sur chaque photo. Quand Gaïka a compris que la situation s'envenimait en Russie, il est immédiatement parti avec toute la famille retrouver Samuel à Paris.

Mes grands-parents se sont rencontrés bien plus tard, en 1941, à l'église orthodoxe de la rue Daru à Paris. Lors d'une messe, Samuel repère entre les icônes une belle brune aux yeux bleu-vert. Frappé par la foudre, il avertit un ami :

— Tu vois cette femme ? Eh bien, je vais l'épouser !

— Tu es fou ! C'est une aventurière, elle est mannequin, divorcée et elle a deux enfants ! le met en garde son ami.

Samuel n'en a cure. Il sait que c'est elle. Quand il est mort, dix ans plus tard, foudroyé par une crise cardiaque, ma grand-mère a été anéantie. Elle ne s'en est jamais remise. Je n'ai connu qu'une Babouchka rongée par le chagrin qui fumait ses Kool menthol à la chaîne en allumant chaque nouvelle cigarette avec le mégot de la précédente. Une grand-mère mélancolique, arrachée à ses racines, dévastée par la disparition de son père puis de son grand amour au regard bleu-vert – dont personne n'a hérité dans la famille – toujours perdu dans le vague.

Pendant les vacances, elle ne quittait sa chambre que pour retrouver le reste de la famille à partir de midi. Lorsqu'elle descendait lentement l'escalier de bois, on percevait son parfum avant de la voir, maquillée, pomponnée, belle comme une fleur, prête à aller au bal. Elle ne lisait que des romans à l'eau de rose, des histoires d'amour qui finissaient toujours bien. Je sais que ma grand-mère avait une très belle voix et qu'elle chantait des airs tziganes en s'accompagnant d'une guitare russe à sept cordes. Je ne l'ai jamais entendue jouer. Ma mère non plus. Tout s'est arrêté avec la mort de Samuel, l'homme de sa vie. La musique, la joie se sont tues pour toujours.

Ma grand-mère a rejoint Samuel en 1988, après trente-huit ans d'attente, trente-huit ans de vie pour rien. Elle a demandé à être enterrée avec toutes ses lettres d'amour.

Anna et Samuel reposent côte à côte au Père-Lachaise. Je passe souvent les saluer, m'imprégner de leur force, de leur histoire. Je leur raconte ma vie, mes emmerdes, la marche du monde. Depuis la guerre en Ukraine, je ne suis pas allé les voir. Je ne sais pas comment leur annoncer la nouvelle. Je n'ai pas de mots pour leur dire que, pour la première fois de ma vie, j'ai honte. J'ai honte de leur sang. J'ai honte d'être russe.

7

Sacha pousse le pion du roi d'un air méfiant. Il connaît quelques ouvertures et, comme toutes les personnes de sa génération, sculptées par le modèle soviétique, maîtrise assez bien les grands principes du jeu d'échecs. Contrôler le centre, lancer rapidement sur le front les pièces mineures, roquer pour protéger son roi, lier ses tours, ne pas engager sa dame trop tôt. En face de lui, Vania a enfin repris des forces. Il sourit en déplaçant son pion en c5. Ouverture sicilienne. Il est assis sur un tabouret en bois, devant le jeu posé sur la caisse en plastique rouge, au milieu du lac gelé. Une neige légère tombe sur les deux joueurs. Aujourd'hui, il ne fait pas très froid. Sacha réplique en déployant son cavalier en f6. Il n'a pas encore averti Vania que la police militaire risquait de venir le chercher, en la personne du commandant Adam, pour procéder plus tard à un échange de prisonniers. Il repousse sans arrêt cet instant qu'il redoute, mais il s'est promis de lui annoncer la mauvaise nouvelle à la fin de la partie.

Vania est un excellent joueur d'échecs, Sacha s'en est déjà rendu compte quand ils s'affrontaient dans l'école de musique du Donbass. Grâce à sa longue expérience, Sacha devine assez facilement la personnalité des joueurs contre lesquels il ferraille devant un plateau de soixante-quatre cases. Il reconnaît les gens dont l'agressivité est rentrée, dissimulée sous des sourires onctueux – ils ont l'air doux comme des agneaux mais font claquer brutalement les pièces sur l'échiquier à chaque coup, comme pour affirmer leur personnalité. Sacha repère instinctivement ceux qui ont l'esprit de contradiction et ne joueront jamais un coup normal, ils sont toujours là à essayer d'inventer quelque nouveauté imprévisible – ceux-là se moquent de l'emporter et d'ailleurs, la plupart du temps, ils finissent par perdre. Sacha apprécie les joueurs paranoïaques ou les pusillanimes, ceux qui n'attaquent jamais, qui attendent, fomentent, préparent, défendent chacune de leurs pièces, construisent un mur d'enceinte autour de leur roi. Ce sont les tsars de la prophylaxie et de l'ennui, des taupes qui sans cesse consolident leur terrier. Sacha adore lancer ses fouines dans leurs galeries. Vania est différent de tous ces joueurs. Son style brillant, simple, vif, se situe à l'opposé exact de sa personnalité. Sacha est tombé de sa chaise quand il s'est aperçu que cet imbécile aux yeux vides savait si bien jouer aux échecs.

— C'est ma mère qui m'a appris, lui avait expliqué Vania après avoir gagné la première partie, presque en s'excusant.

Soit ce type est 100 % naïf, soit il est 100 % calculateur, avait pensé Sacha en contemplant le désastre sur l'échiquier.

Le sort des deux hommes s'est lié durant l'interminable attente dans l'ancienne école de musique. C'est à la fin d'une autre partie d'échecs, qu'il avait encore une fois remportée, que Vania avait raconté son histoire militaire. Le jeune mercenaire s'était mis à parler sans s'arrêter, d'une voix inhabituellement sûre, comme s'il avait appris par cœur la liste de tous ses malheurs.

Le transfert par avion, un Iliouchine Il-76, avec une centaine de détenus de la colonie pénitentiaire jusqu'à Rostov-sur-le-Don ; l'embarquement dans des hélicoptères avec d'autres anciens prisonniers venus d'autres pénitenciers ; le vol pénible et dangereux, par mauvais temps, vers l'oblast de Louhansk, à l'est de l'Ukraine. Un hélicoptère avait été porté manquant à l'arrivée. Qu'importe. Chaque jour, l'armée russe perdait plusieurs centaines d'hommes et des dizaines de véhicules blindés.

À peine arrivés, les nouveaux soldats avaient été transbordés dans des camions Oural. Compressés les uns contre les autres, on les avait acheminés comme des objets sans valeur, des paquets de viande – ce qu'ils étaient, en définitive.

— Un gars est mort asphyxié dans ce chaos, avait juré Vania à Sacha.

À leur arrivée, au camp de Berezka, ils étaient environ mille recrues fraîches, combattants de fortune sans aucune connaissance militaire, venus grossir les rangs du groupe Wagner. Dans la grande cour, tous ces hommes étaient restés alignés, tête baissée, comme ils avaient appris à le faire dans les prisons russes. Parmi eux, des voleurs, des trafiquants de drogues, des assassins – la lie du pays –, tous avaient le crâne rasé, étaient souvent tatoués ; des clones du malheur, des destins brisés à la parade promis à finir entre quatre planches. Seuls les violeurs n'avaient pas eu le droit de venir mourir en Ukraine.

Il faut au moins six mois pour transformer un civil en soldat prêt à combattre sur le front. Vania et ses infortunés camarades n'avaient eu droit qu'à trois semaines d'entraînement. Vania, qui n'avait jamais utilisé un fusil de sa vie, s'était exercé au tir à deux reprises. Il avait chaque fois tiré trois balles. On lui avait enseigné les rudiments de la stratégie dans l'infanterie et les bases des premiers secours, il avait appris comment arrêter une hémorragie avec un garrot tourniquet, comment placer des pansements compressifs sur les plaies abdominales. Les mille damnés avaient chacun reçu une paire de chaussures, un treillis, un casque, un sac de couchage, un gilet de protection, un fusil et des munitions. L'équipement avait été distribué sans distinction de taille ; chacun devait faire avec ce qu'on lui avait donné. Si Vania avait été soulagé d'avoir récupéré des chaussures à peu près à sa taille, son uniforme de combat s'était révélé beaucoup trop large pour lui, il flottait à l'intérieur comme un enfant dans un déguisement d'adulte.

Pendant ces trois semaines d'instruction militaire, les hommes s'étaient vus constamment menacés par les cadres du groupe Wagner, d'anciens taulards eux aussi, mais expérimentés. La discipline était le maître mot. Aucun débordement n'était toléré. Vania avait découvert la hiérarchie tacite qui régulait la troupe de mercenaires : il y avait d'abord eux, les bleus, assimilés à de la viande à canon, puis les cadres, à peine plus aguerris, et, au-dessus de la mêlée, ceux que tout le monde appelait les « musiciens » : les mercenaires de Wagner de la première heure, rompus aux combats en Afrique, ceux qui posaient parfois pour la photographie sur la ligne de front avec un violon ou une guitare devant le panneau d'un village anéanti et conquis.

Un soir, deux bleus avaient été surpris complètement ivres. Les musiciens leur avaient cassé les os des mains, des bras, les côtes avec une masse, puis les avaient traînés loin des dortoirs. Des coups de feu avaient retenti et les soldats n'avaient jamais revu leurs camarades. À partir de ce jour, Vania avait décidé de ne plus parler à personne.

À présent, la neige tombe à gros flocons sur Vania et Sacha, mais ils ne renoncent pas pour autant à leur partie d'échecs. Un manteau épais emmitoufle désormais les branches nues des arbres, recouvre tout le paysage d'un cocon de silence. L'échiquier commence à blanchir. Chaque fois que Vania et Sacha déplacent une pièce, ils déblayent le chemin entre les cases. Une fois de plus, Sacha est en mauvaise posture. Vania a effectué sans se tromper une variante de la Sicilienne Najdorf. Au vingt-deuxième coup, il est sorti de la théorie en déplaçant un fou sur une case inattendue. Sur le plateau couvert de neige, toutes ses pièces se répondent et tissent peu à peu une toile d'araignée invisible. Sacha ne la voit pas, mais devine que quelque chose se trame. Aux échecs, le perdant sait qu'il va être battu avant que le vainqueur ne devine sa propre victoire. Un sentiment diffus qui traverse l'échine.

Comment un joueur de la trempe de Vania, qui calcule et voit si loin, a-t-il pu se laisser berner par les promesses de Prigojine ? se demande une nouvelle fois Sacha.

Dès la fin de l'instruction, Vania avait été envoyé sur le front au sud-est de la ville de Bakhmout dans un groupe de huit hommes. On les avait équipés de pelles, comme les dizaines d'autres unités de combat qui grouillaient autour d'eux dans la boue gelée par l'hiver. Leur mission était à la fois simple et impossible : il fallait s'extraire de la tranchée, courir sous une pluie d'obus sur cent mètres, puis creuser une tranchée d'au moins deux mètres de profondeur. La tâche devait être accomplie sans le soutien des blindés russes, gaspillés par milliers au début de la guerre, et dont chaque unité à cette date valait bien davantage que la vie de centaines d'ex-taulards.

C'était la stratégie russe : envoyer les soldats à la mort, vague après vague, déborder par le nombre la défense ukrainienne qui comptait ses munitions. Juste avant l'assaut, les officiers avaient prévenu leurs hommes : ceux qui oseraient faire demi-tour seraient abattus sans sommation.

C'est ainsi que Vania était sorti de la tranchée en courant comme un damné, sous l'œil des drones ukrainiens qui bourdonnaient dans le ciel. Perdu dans son uniforme trop grand pour lui, il avait cavalé le plus vite possible entre les cratères qui creusaient d'anciens champs de tournesols jamais récoltés, ces soleils noirs brûlés par le froid et concassés par les bombardements incessants. Il avait été le premier à couvrir les cent mètres exigés par son commandement. Tel un robot, il avait saisi machinalement sa pelle et s'était mis à creuser là où d'autres soldats avaient commencé à creuser avant lui. Autour de lui gisaient une trentaine de cadavres congelés ; les gars des vagues précédentes.

Soudain, les obus de mortier avaient sifflé à ses oreilles, suivis de détonations assourdissantes. Vania avait été projeté dans un ancien trou d'obus et était resté recroquevillé, comme tétanisé. Quand il avait eu la force de relever la tête, il avait aperçu les corps des sept camarades de son groupe. Ils étaient morts derrière lui, déchiquetés par la mitraille. Terrorisé à l'idée de retourner dans la tranchée russe, et se sachant condamné s'il restait dans ce trou de boue, Vania avait pris la décision folle de se remettre debout et de foncer droit devant lui, sans arme, vers la ligne ukrainienne. Sans le savoir, il avait suivi un vieil adage selon lequel les Russes n'atteignent jamais leurs objectifs, car ils les dépassent toujours.

Des éclats d'obus avaient fini par le faucher. Il avait été blessé à la jambe et au ventre, mais il était vivant. Il n'avait plus bougé pendant plusieurs heures et, figé dans une position fœtale, il avait fini par s'endormir. Quand le canon d'un fusil ukrainien avait touché ses fesses, Vania s'était réveillé et s'était immédiatement rendu.

— Je n'aurai pas combattu plus d'une journée, avait-il confié à Sacha qui l'écoutait attentivement tandis que des rats se disputaient un quignon de pain rassis sous leurs pieds.

Il neige de plus en plus fort. Vania et Sacha ne parviennent plus à retirer la couche épaisse sur les cases de l'échiquier. Vania lève alors la tête et, plein de malice, propose à Sacha de jouer « à l'aveugle » la fin de la partie. Sacha opine du chef en souriant. Il est prêt à accepter le défi. Dans sa jeunesse, il a appris à jouer sans regarder le plateau. Sa chapka est toute blanche. Il enfile une paire de moufles. Les deux joueurs cessent de toucher les pièces. Assis face à face au milieu du lac, ils annoncent l'un après l'autre leur coup à voix haute. Sacha fronce les sourcils et ferme les yeux pour se concentrer.

— Cavalier en g7 !

— Pion en h6.

— Tour prend en g7 !

Leurs deux souffles se mêlent au-dessus de l'échiquier. Au quarante-quatrième coup, Vania sacrifie une tour pour un cavalier et ouvre une brèche sur le roque de Sacha. Pour faire durer un peu le plaisir, Sacha calcule mentalement quelques options, mais aucune ne lui paraît satisfaisante. Toutes les pièces sont maintenant recouvertes de neige. Seules dépassent les couronnes des rois. Vania attend le coup de Sacha, la tête entre les mains. Alors Sacha donne une pichenette sur la couronne de son roi qui tombe dans la neige. Les deux hommes se regardent. Vania sourit. Sans répondre à son sourire, Sacha s'éclaircit la voix et se lance :

— C'est fini, gamin. Le commandant Adam m'a appelé. Il va venir après-demain. Il ne m'a encore rien dit, mais tu vas sans doute rentrer dans ton pays.

Sacha cherche sur le visage de Vania une réaction à cette annonce terrible, mais le jeune homme ne bouge pas. Ses yeux d'enfants se contentent de fixer le vieil homme avec un air triste.

8

29 février 2022. Les cloches de toutes les églises carillonnent sous la neige et les alertes. Une vieille femme sanglote. Elle ressemble à ma mère. Les mêmes pommettes hautes, les mêmes yeux noisette en amande. Elle s'appelle Svetlana, elle porte une paire de bottes neuves et une longue doudoune noire matelassée d'où émerge une capuche rouge qui la protège des flocons. Elle hurle dans son téléphone portable qu'elle tient collé à l'oreille. Ses ongles sont peints en rose. Elle erre dans une odeur de poudre et de bois brûlé devant les décombres de sa maison pulvérisée par une bombe russe. L'éclat noir plastique de sa doudoune, la propreté de ses bottes neuves, le rose de ses ongles manucurés contrastent avec les carcasses d'arbres déchiquetés, une voiture compressée en un morceau de métal informe projeté au deuxième étage d'une ruine qui par miracle tient encore debout, des blocs de béton calcinés, des briques en morceaux…

Le ciel est triste, toujours aussi jaune et sale. Assis sur un monceau de gravats, un jeune homme hagard au visage tuméfié, criblé d'impacts, se tient la tête entre les mains – c'est le fils de la vieille femme. Le corps de son épouse gît plus loin dans les décombres.

Je distingue ses cheveux blonds au milieu des débris. Je m'éloigne, j'arpente les ruines de ce pâté de maisons de Jytomyr vitrifié par les bombes russes. Vingt blessés, cinq morts, dont trois enfants de cinq, deux et un an.

C'est pareil tous les jours depuis une semaine, depuis le début de la guerre. La ville est située à une centaine de kilomètres à l'ouest de Kiev. Je pense au pilote russe dans son Mig, il doit déjà voler vers sa base. Je l'imagine dans son cockpit, engoncé dans sa combinaison, j'entends les battements de son cœur, je vois la sueur qui perle sur ses tempes. Il rentre retrouver sa famille, ses amis, il fuit le risque. A-t-il la satisfaction du devoir accompli ? Se pose-t-il des questions ? Saura-t-il un jour ce qu'il a laissé derrière lui ?

Plus loin, dans ce paysage de désolation, je croise un homme que j'ai interviewé tout à l'heure. Igor débarrasse les gravats avec les voisins du quartier. Il est court sur pattes, râblé, musclé, plein d'énergie. Lui aussi a perdu sa femme. Katia avait vingt-neuf ans, des yeux verts et des cheveux blonds, elle était institutrice dans une école maternelle. Elle a sauvé son enfant d'un an en se couchant sur lui. Sa tête a été coupée en deux comme une pastèque. Le bébé, une petite fille prénommée Liza, est indemne. Igor parle très bien anglais. Il est ingénieur. J'ai filmé notre entrevue avec mon téléphone portable parce que mon stylo n'écrivait plus sur mon carnet trempé par la neige. En état de choc, Igor se tenait droit devant ce qui restait de sa maison. Alors que les sirènes hurlaient, il m'a murmuré ces mots :

— Vous entendez cette alerte ? La dernière fois que je l'ai entendue, ma femme était encore vivante. Pardonnez mon émotion. Arrêtez cette guerre. Arrêtez Poutine. Amis russes, arrêtez la guerre, nous voulons vivre.

À l'écart, un grand type vêtu de noir des pieds à la tête observe la scène, impassible, avec une lueur sombre dans les yeux. Il s'appelle Constantin. Il a été russe. Il ne l'est plus. Quand il conduit sa petite voiture, Constantin est obligé de se recroqueviller, comme dans une auto tamponneuse. Il mesure 1,97 m sans ses boots, et ses genoux sont au niveau du volant. Il a trente ans, un visage encore juvénile. Il parle l'anglais avec un accent américain, alors qu'il n'a jamais fichu les pieds aux États-Unis. Un peu plus tôt dans la journée, il nous a emmenés vers les fumées noires d'une raffinerie bombardée.

Constantin est né à Jytomyr, mais toute sa famille est russe et vient de Vladivostok. Son père était pilote de bombardier à l'époque de l'Union soviétique. Ça lui fait bizarre, à Constantin, d'entendre passer à basse altitude ces avions que son père aujourd'hui disparu aurait pu piloter.

Tandis qu'on roulait vers les fumées noires, il parlait d'un ton monocorde, sans émotion, désenchanté, à la manière de ces voix off des films américains indépendants qui vous explosent le cœur sur fond d'images de fin du monde. Mais là, ce n'est pas du cinéma. C'est la guerre.

Avant 2014, avant la révolution de Maïdan, la mère et la grand-mère de Constantin pensaient que la Russie était excusable, qu'elle vivait des temps difficiles, qu'il fallait la comprendre. Après 2015, les choses ont changé. Constantin, en revanche, se sent ukrainien depuis qu'il a treize ans. Il était en quatrième, il apprenait l'histoire récente de l'Ukraine à l'école et découvrait comment l'État russe s'était comporté en prédateur avec son pays d'adoption depuis la révolution de 1917.

Aujourd'hui, Constantin est ukrainien au plus profond de son âme, mais il a encore de la famille à Vladivostok. Ils s'envoient des messages à Noël ou pour la nouvelle année. Ils ont appelé six jours après l'entrée des troupes russes en Ukraine.

— C'est terrible, on ne sait pas ce qu'il se passe exactement, a dit une cousine de la mère de Constantin. Mais ne vous inquiétez pas, Poutine va venir vous sauver, vous devez tenir !

À ces mots, Constantin a explosé de colère.

— Ici, personne ne sauve personne ! a-t-il hurlé. Ils sont juste venus pour tuer des gens !

Constantin est également furieux contre son frère qui vit en Russie et ne participe pas aux protestations contre Poutine.

— Je comprends qu'il ait peur. Mais quand les Ukrainiens avaient peur, eux ils sont allés manifester pour virer ce connard de Ianoukovitch, et ce pays a commencé à changer. Mais les Russes ne sont que des esclaves effarouchés ! Oui, c'est ce qu'ils sont... Toutes les vidéos que j'ai vues des manifestations à Moscou et Saint-Pétersbourg, c'est un flic devant des centaines de personnes qui s'enfuient. Des centaines pour un seul flic ? Les Ukrainiens, eux, arrêtent les chars avec leur corps.

Constantin connaît l'Europe, il a beaucoup voyagé, et ça le fait sourire de voir ces Européens « qui ont peur pour leur petit confort, leur petite baguette, leur petit café ». Il espère qu'ils vont se réveiller même s'ils ont la trouille de la Russie. Il espère aussi que l'économie russe va s'effondrer, que Poutine va mourir vite, et dans d'atroces souffrances. Il n'a aucune pitié pour les soldats russes si mal préparés, si mal commandés et qui se font massacrer dans un terrible tir aux pigeons au nord de Kiev.

Les paroles de Constantin, deux fois plus russe que moi, m'ont ébranlé autant que la vue des bombes lâchées sur ces civils. Je les regarde, lui et la vieille dame qui pleure, puis je fixe les cheveux blonds de la jeune femme qui gît dans les décombres et les fumées des bombardements. J'entends la haine et la fureur de Constantin. Je la comprends. Je la ressens dans ma chair, dans mon sang. Dorénavant, il me sera difficile d'être fier de mes origines. Et toi, maman, je suis désolé de t'apprendre que toute l'œuvre de ta vie vient de s'effondrer sous mes yeux. Ces salauds ont détruit ton rêve, ta quête.

Soudain, une étrange idée me traverse l'esprit. Je sais que ma mère s'inquiète de me savoir en Ukraine. La plupart du temps, j'enjolive mes récits au téléphone pour mieux la protéger, je lui cache les violences. Aujourd'hui, je ne peux plus l'épargner, au contraire, je vais la projeter avec moi dans cet enfer. Je l'appelle. Elle a beau habiter sur la côte Atlantique avec son chat et vivre avec l'heure des marées, elle suit attentivement la situation et a déjà accueilli chez elle une réfugiée ukrainienne.

Ma mère décroche immédiatement. En quelques secondes, je lui explique la situation, je lui raconte le bombardement, je lui décris cette femme qui n'en finit pas de pleurer devant les gravats fumants de sa maison, puis je lui demande de traduire quelques questions en russe. Face aux orages, ma mère est plus courageuse qu'un soldat. Elle est prête à monter en ligne sans condition. Après avoir branché mon téléphone en mode haut-parleur, je m'approche de la vieille femme, je la prie de me raconter ce qui lui est arrivé. Lorsqu'elle entend la voix de ma mère en russe qui traduit mes questions, elle me regarde interloquée et s'arrête brusquement de pleurer. Maman est parfaite, elle explique à Svetlana qu'elle lui parle depuis la France, qu'elle est la mère de ce journaliste qui ne parle pas le russe parce qu'il n'a pas été un bon élève à l'école. La dame se mouche en l'écoutant.

Je parviens à saisir quelques mots au passage, j'ai l'impression que ma mère est avec moi, à mon côté, comme lorsqu'elle soignait mes chagrins d'enfant avec un verre d'eau sucrée. Cela fait bien longtemps que ma mère ne m'a pas rassuré, rasséréné, cajolé en séchant mes larmes. Cette interview ressemble à ce verre d'eau sucrée versé sur ces vies martyrisées.

Svetlana raconte son histoire, sa maison détruite, sa belle-fille tuée, sa vie partie en fumée. Ma mère l'écoute, répond, rebondit, elles parlent maintenant de concert, comme si je n'étais pas là.

— De quoi sommes-nous coupables ? demande Svetlana à ma mère.

Je ne pose plus de questions. J'ai cessé de prendre des notes. La neige redouble. La Russie et l'Ukraine se délitent sous mes pieds. Je suis vide. Mon cœur, mon âme, mon esprit ont atteint l'horizon des sentiments. Plus rien n'en sort. Et ma mère et la vieille dame pleurent ensemble au téléphone.

9

Ma mère est capable de tout, depuis toujours.

1996. J'ai vingt-trois ans, je suis assis devant le Minitel, rongé d'impatience. Je rafraîchis la page toutes les cinq minutes. Rien. Toujours rien. Rien. Toujours rien. Rien.

Je vis encore chez ma mère dans une maison du Val-d'Oise avec Liouba, le chien berger allemand à poil long qui a succédé à Raspoutine. Je viens d'achever une maîtrise de droit à l'université Paris-XIII, et réciproquement. Je n'ai aucune envie de devenir juriste. J'attends les résultats du concours de l'École de journalisme de Lille.

Pour la première fois de ma vie, j'ai vraiment travaillé pour le préparer. Je connais les chefs d'État et les chefs de gouvernement de tous les pays du monde, je sais dessiner l'Afrique à main nue et situer les pays et les capitales, j'ai acheté un livre pour apprendre à soigner mon orthographe parfois incertaine, j'ai même fait un stage à Londres pour améliorer mon anglais catastrophique.

Le temps que la page du Minitel se charge sur l'écran digital vert, sommet de la technologie de l'époque, je peux repenser à ma courte vie. Une enfance formidable au sein d'une famille heureuse et aimante, auprès de parents folkloriques et sous le regard protecteur de deux grandes sœurs adorables. Nous habitons ce genre de banlieue sans destin où il ne se passe rien d'autre qu'une vie simple, faite de journées jumelles, de sorties au cinéma le samedi soir, de dîners familiaux, de balades en forêt, de matchs de foot sur des terrains vagues que les promoteurs immobiliers convoitaient déjà la bave aux lèvres. J'avais un petit jardin, plein de billes et plein de copains, et je voulais devenir astronaute.

Le lundi, on partait faire les courses au Leclerc avec mon père, et c'était déjà une aventure. Quand il montait des phares antibrouillards sur sa Renault 25 GTS, c'était aussi toute une histoire. Elle était bleu perroquet, mais lui, le daltonien né à Santiago du Chili, aurait préféré une voiture dorée. La sobriété n'a jamais été au cœur de ses préoccupations, et c'est sans doute pour cette raison qu'il est tombé raide amoureux de ma mère.

En 1996, la famille et le bonheur de carte postale se sont déjà effilochés. Mes parents se sont séparés. Mes sœurs ont plus ou moins quitté le nid. Moi, je suis emprisonné dans l'enfance, avec cependant l'espoir de m'extraire à mon tour du cocon si je suis reçu à l'ESJ de Lille.

Toujours rien à l'écran. Les résultats ne sont pas disponibles. Je suis submergé de tics, je ressemble à Rafael Nadal entre deux services sur le central de Roland-Garros. Je clique. Je cligne. Je tique. Je rajuste mon slip. Je clique. Je cligne. Je tique. Je rajuste mon slip. En même temps, je sais très bien que les résultats ne seront consultables qu'à partir de 15 heures et qu'il n'est que 11 heures. Mais sait-on jamais ? Avec le Minitel, tout est possible.

C'est à cet instant que ma mère décide d'aller faire les courses. J'entends encore sa voix claire carillonner derrière la porte qui vient de claquer. Elle s'adresse à Liouba qui ahane sur le paillasson en essayant de gober des mouches. À l'étage, ma sœur Tatiana vaque à ses occupations. Elle poursuit des études d'ingénieur agronome et revient tous les week-ends à la maison. Sonia, mon autre grande sœur, est déjà journaliste. Elle a fait l'ESJ. Elle vit à Londres. Elle a réussi, alors que moi je vais échouer lamentablement et gagner ma vie en jouant les sosies de David Hallyday en boîte de nuit. On me dit souvent que je lui ressemble, et je n'ai jamais su si c'était un compliment ou une pique. Je le trouve ni beau ni moche, mais je ne veux pas faire une carrière de sosie.

Je m'accroche à ce putain d'écran de Minitel. Rien. Rien. Rien. Elles sont rares, les intersections marquées dans l'existence. Soit je suis reçu et je deviens journaliste. Soit je suis recalé et je devrais m'inventer une autre vie. Peut-être ouvrir un camping ? Réponse d'une minute à l'autre. 12 h 30. Ma mère n'est pas encore revenue de ses courses. À cette époque, pas de portable, pas de GPS, pas d'Internet, pas de WhatsApp. On ne sait pas ce qu'elle fiche. Tout est possible avec ma mère.

Elle perd toujours tout, elle oublie, se mélange les pinceaux, puis retombe miraculeusement sur ses pieds. Une chatte déguisée en ourson bouclé. Ma mère peut commander par téléphone un plateau de fruits de mer à trois cents kilomètres de chez elle (« je me suis trompée de poissonnerie »), elle peut quitter l'aéroport avec une valise qui n'est pas la sienne (« Sur le tapis roulant, toutes les valises se ressemblent ! »), sur Internet, elle achète mille six cents capsules de café (« Je pensais avoir acheté seize boîtes, il y avait une promotion »), elle cache régulièrement ses bijoux dans des endroits qu'elle oublie instantanément, puis les retrouve par hasard des années plus tard, ravie, mais sans sauter de joie non plus – elle est habituée, ces objets précieux qui disparaissent et réapparaissent au gré du vent, c'est son quotidien, sa vie.

Un beau jour, en venant me chercher à l'école maternelle, elle attache Tchaïka, notre berger allemand d'alors, à un poteau devant le garage du directeur de l'école et repart avec moi en oubliant le molosse de cinquante kilos. Lorsqu'en début de soirée elle s'aperçoit de sa bévue, elle revient en courant à l'école maternelle, traverse une cohue de badauds, un rideau de policiers, détache le chien qui jusqu'alors montrait les crocs à quiconque s'approchait et s'en va, penaude, s'excusant mille fois devant les pompiers et les membres de la SPA appelés par le directeur.

— D'une manière générale, je suis plutôt discrète, comme mes bagues, m'a-t-elle confié un jour d'enterrement, celui de son chat Kalinka.

Ma mère ne plaisante pas avec ses chats. Elle mange avec eux à table, leur explique ce qu'ils vont regarder le soir à la télévision, discute avec eux comme s'ils la comprenaient – de fait, je pense qu'ils la comprennent. Par conséquent, chez nous, on enterre les animaux domestiques dignement. Ils ne sont pas des animaux domestiques. Ils sont des membres de la famille.

L'immense chêne américain sous lequel on enterre Kalinka a été planté par maman un jour d'idées noires. Chaque fois qu'elle a le cafard, elle plante un arbre. Toutes ses déprimes finissent par mesurer trente mètres de haut et par fleurir au printemps. Il lui arrive d'enlacer un orme, un charme ou un chêne pour s'imprégner de leur puissance, de leur sérénité, ou simplement pour pleurer.

Après le dernier coup de pelle, au terme d'une cérémonie quasi religieuse, passée entre les rires et les larmes, elle m'a raconté cette anecdote de voyage que j'avais presque oubliée. Une petite histoire de rien du tout qui se déroule au milieu des années 1980, au retour des vacances d'été, sur la nationale 10, dans une voiture, entre Bordeaux et Paris.

Mon père conduit en fumant, on écoute une cassette de Barbara Streisand sur l'autoradio rétractable, ma mère tripote ses bagues discrètes. Il fait chaud, ses doigts enflent. Elle songe à retirer ses anneaux, mais elle se connaît trop bien. Elle sait qu'elle perd tout, alors elle s'abstient. À l'arrière, pas de ceinture, mais Raspoutine, le successeur de Tchaïka, mes deux grandes sœurs, deux colombes dans une cage, votre serviteur et, pour compléter ce bestiaire, Sweetie, un chat blanc totalement dingue. Chez nous, tous les chats ont d'ordinaire des noms russes, Kalinka, Machka, Patchouk, Douchka, Malinka, des noms de fruits ou des mots qui ne veulent rien dire. Mais, allez savoir pourquoi, ma mère revenait d'Angleterre quand on a eu ce chat, et elle a craqué pour « Sweetie ». Quant à Raspoutine, intellectuellement plus proche de Rantanplan que d'un chien d'avalanche, il a été baptisé ainsi car il était aussi poilu que le guérisseur mystique de la cour impériale russe. On ne l'appelait Raspoutine que lorsqu'il faisait des bêtises. Le reste du temps, c'était Poutine. Pendant plus de vingt ans, ce nom ne m'a évoqué qu'une boule de poils douce et rassurante au regard de velours, le réconfort d'un chien un peu idiot, incapable de faire du mal à une mouche. Aujourd'hui encore, la violence têtue de l'autre Poutine n'a pas effacé dans ma mémoire la gentillesse candide de son homonyme à quatre pattes.

Dans la voiture, il y a aussi trois gros chatons de quatre mois qu'on va devoir caser. Les petits de Sweetie. Impossible de leur trouver un maître avant les vacances. Nous sommes donc partis avec, et nous revenons avec. Ce jour-là, je suis habillé tout en blanc, j'ai l'air d'un petit ange tombé du ciel. Perfide, Sweetie, qui est en liberté dans l'habitacle de la voiture, a repéré mon accoutrement et vomit ses tripes sur mon pantalon immaculé avant qu'on atteigne Angoulême.

Arrêt sur une aire de parking parsemée de cailloux blancs et bordée d'une épaisse haie de ronces. Alentour, des champs de maïs à perte de vue et juste en face, de l'autre côté de la route, une station-service avec un pompiste en béret, bottes et salopette, comme on en trouvait encore à l'époque. Faute de Sopalin, ma mère nettoie le vomi sur mon pantalon blanc avec des touffes d'herbe. Auparavant, elle a pris soin de retirer ses bagues et de les poser en sécurité sur le toit de la voiture.

Ça y est, je suis nettoyé, le chat aussi. On repart. Au bout d'une demi-heure, maman tripote ses bagues comme au début du voyage, mais, bien sûr, elles ont disparu. Demi-tour.

— Ton père est resté silencieux, c'est étonnant, se rappelle ma mère.

Grâce aux paquets d'herbe maculés de vomi au milieu d'un océan de cailloux blancs, ma mère retrouve ses bagues, mais Sweetie en profite pour s'enfuir tout au fond du bosquet de ronces. Ma mère l'appelle en vain, et la voix de stentor de mon père fait fuir toute la faune locale. De la voiture, mes sœurs et moi, Raspoutine et les colombes observons le show avec nonchalance. On sait de quoi les parents sont capables. Là, ils secouent une boîte en métal avec une pièce de cinq francs dans le but de reproduire le bruit d'une boîte de Whiskas. Ça ne marche pas.

Soudain, idée géniale de mon père qui se dit que la chatte va répondre à l'appel de ses petits – il suffit de l'attirer en les faisant miauler. Il décide donc de les attraper par la queue, telles des clochettes. Chacun son tour. Le noir « sonne » mieux que ses frères. Ma mère, en avance sur les luttes, intervient pour que mon père prenne les chatons par le cou. Mon père, qui a toujours préféré les chiens, trouve que les chats sont faux culs. Et les voilà partis dans un débat sur la meilleure manière de faire miauler un chaton sur une aire de repos !

Finalement, le pompiste, qui regardait la scène depuis le début, traverse la route, demande si par hasard nous ne sommes pas parisiens et s'enfonce dans les ronces tout en donnant des coups de bâton dans l'entrelacs des branches. Et ça marche. Sweetie, terrorisée, tente une sortie. Incorrigible, mon père la saisit aussitôt par la queue, et la chatte finit par atterrir dans la voiture. Mes parents remercient chaleureusement le pompiste qui refuse tout net le chaton que ma mère veut lui offrir. Puis elle vérifie qu'elle n'a pas oublié une bague, un enfant ou autre chose, tandis que mon père démarre la bagnole en silence. Ma mère enfonce la cassette de Barbara Streisand dans l'autoradio. *Woman in Love* résonne dans l'habitacle.

Ma mère est capable de tout, souvent sans le faire exprès. Il est 14 heures et elle n'a toujours pas donné de nouvelles. Elle s'est volatilisée. Elle est partie à 11 heures acheter un poulet rôti à dix minutes de la maison. Il lui est arrivé quelque chose, c'est certain. Et si elle avait eu un accident mortel ? Voilà, c'est sûr maintenant, je vais être orphelin et ouvrir un camping… Je crois que je l'engueule mentalement. Pas de blague aujourd'hui, maman !

Et si elle avait décidé d'abandonner sa vie, ses enfants et tout reconstruire ailleurs, à la manière des Japonais qui disparaissent à jamais en allant acheter un paquet de cigarettes ? Et si elle travaillait depuis le début pour les services secrets français et était partie en mission secrète sans pouvoir nous prévenir ? Je fume, je fais les cent pas, je deviens fou.

Et puis le téléphone sonne, enfin. Tatiana décroche, pâle, le cœur battant. Moi, j'aspire toute ma cigarette en une bouffée. Une seconde de silence, de vide intersidéral dans le salon. Dans mon esprit, la disparition tragique de ma mère supplante mon échec lamentable à Lille. Ma sœur ouvre de grands yeux.

— Allô ?

— Allô, ma chérie ?

— Maman, mais qu'est-ce que tu fiches, tout va bien ?

— Oui, oui ! Ton frère est reçu !

— Quoi ?

— Ton frère est admis ! Je suis à Lille !

— ????

— J'en avais marre d'attendre alors j'ai pris un TGV pour me rendre à l'école parce que je savais que les résultats y étaient affichés depuis ce matin !

Voilà comment j'ai appris que j'étais reçu à l'ESJ de Lille et su que mes carrières de sosie et de propriétaire de camping étaient terminées. En chemin vers le poulet rôti, prise d'une inspiration soudaine, ma mère a obliqué vers la gare de notre petite ville de banlieue et pris le RER jusqu'à la gare du Nord, puis un TGV pour Lille. Arrivée à l'école, la petite blonde aux cheveux bouclés et aux pommettes hautes s'est retrouvée devant le panneau d'affichage où étaient inscrits les noms des heureux élus. Elle m'expliquera plus tard que l'excitation l'avait empêchée de voir mon nom. Je n'étais donc pas admis. Dépitée, elle était partie boire un mauvais café au distributeur en se demandant comment elle allait m'expliquer qu'elle était partie pour Lille et surtout que j'avais échoué. Juste avant de repartir penaude, elle était revenue consulter le tableau une dernière fois. Et elle avait lâché son café en lisant mon nom. J'étais bien reçu. Immédiatement, elle nous avait appelés d'une cabine téléphonique pour annoncer la bonne nouvelle. Le soir, elle était de retour avec le poulet rôti.

10

Sacha et Vania sont restés six mois dans l'école de musique, avant de partir chez Sacha. L'exfiltration de Vania hors de la zone des combats s'est jouée à l'approche de Noël.

Quand il reçoit l'ordre de démobilisation de Sacha en raison de son âge avancé, le commandant Adam se démène quinze jours afin de trouver une solution. Une fois satisfait, l'homme au visage de cube convoque le vieux soldat dans son bureau.

— Sacha, c'est fini. Vous devez rentrer chez vous. Je sais que vous voulez rester ici et vous rendre utile, mais vous avez fait votre temps.

— Ce n'est pas tant pour moi que je veux rester, commandant.

— Je le sais très bien, Sacha. C'est pour l'Ukraine. Mais je me suis débrouillé pour que vous restiez mobilisé. Vous êtes toujours un soldat de l'armée ukrainienne, mais vous allez rentrer chez vous. Si les Orques relancent une offensive, vous pourrez aider à creuser des tranchées au nord de Kiev. Vous partez cet après-midi.

Le commandant explique à Sacha avoir plaidé sa cause auprès de l'administration militaire et obtenu qu'il quitte juste le Donbass. Personne ne souhaite qu'un journaliste découvre un soldat de soixante-treize ans si près de la ligne de front. La communication en période de guerre est une guerre en soi. Les soldats ukrainiens, même les gardes, doivent être, dans la mesure du possible, beaux, jeunes et photogéniques. Le commandant Adam explique donc à Sacha l'étonnant paradoxe : il reste mobilisé, mais peut rentrer chez lui. Le vieux pêcheur semble préoccupé.

— Commandant, reprend Sacha, c'est bien sûr pour l'Ukraine que je désire rester soldat. Mais c'est aussi pour Vania.

— Comment ça pour Vania ? Que voulez-vous dire ?

— Je veux continuer à le garder. Aujourd'hui, je suis le seul à savoir qu'il est ici et d'où il vient. Si je m'en vais, il sera mêlé aux autres prisonniers, puis échangé. Laissez-moi partir avec lui. Après tout, si je suis encore militaire, je peux continuer de le garder chez moi.

— Pourquoi faites-vous ça, Sacha ?

— Je vis avec ce garçon depuis six mois. Il n'est pas très malin, mais il joue bien aux échecs et il me repose l'âme quand il joue de l'accordéon. Et puis, il me rappelle aussi mon fils. Je ne sais pas si je vous ai raconté sa disparition ?

— Vous me l'avez déjà racontée, Sacha, l'interrompt le commandant. Vous voulez sauver Vania parce qu'il vous rappelle votre fils.

— Je sauve Vania, parce que je n'ai pas pu sauver mon fils, corrige Sacha.

Pendant le long voyage jusqu'au village de Sacha, dans la vieille Lada qui les trimballe, Vania observe attentivement les paysages, les villes et les enseignes des magasins. Il fronce souvent les sourcils comme si quelque chose le tracassait. Au bout de quelques heures de voyage, il finit par ouvrir la bouche :

— Je ne comprends pas, Sacha. C'est la Russie, ici. Tout est pareil.

— Et pourtant, c'est l'Ukraine, il va falloir te coller ça dans le crâne, gamin.

— Mais c'est quoi la différence entre nous ? On parle la même langue, on mange la même chose, on a la même culture, on vit dans les mêmes maisons, dans la même nature.

— Déjà on boit moins que vous et on travaille plus, plaisante Sacha. Surtout, on ne se prend pas pour les rois du monde. Vous, les Russes, vous êtes insupportables avec votre sentiment de supériorité. Vous nous prenez pour vos petits frères. Mais depuis 1991 on a fait notre chemin et, aujourd'hui, même un vieux soldat soviétique comme moi se sent plus proche de l'Europe que de la Russie. En fait, la Russie, c'est notre miroir inversé, notre négatif, c'est tout ce qui ne va pas en nous.

— J'y comprends rien. Pourquoi on vous fait la guerre, alors ?

— Parce qu'on est de dangereux nazis, ironise Sacha avant de reprendre son sérieux. Parce que vous refusez qu'on ne soit pas russes. Mais tu sais, depuis la nuit des temps, dans toutes les histoires, les héros ont des buts. Sauver une princesse, par exemple. Les

Russes n'ont pas de but. Nous, on en a un. On veut survivre. Et c'est pour ça qu'on va gagner.

— J'espère bien, soupire Vania.

Après douze heures de route, les deux hommes pénètrent dans la maison bleue au toit de tôle. En ôtant ses chaussures, Vania ne peut s'empêcher une dernière réflexion :

— C'est exactement comme chez moi !

11

Après trois semaines de guerre, je dois rentrer chez moi, m'arracher à l'Ukraine, laisser derrière moi toute cette souffrance, cette rage. La route pour la Slovaquie serpente dans les Carpates. Nous avons quitté l'interminable plaine ukrainienne pour un paysage de montagnes. De la neige à perte de vue, des forêts de sapins. Un océan de silence. Des ours et des loups doivent chasser dans ces dunes de sucre Candy. Et puis, soudain, nos phares éclairent un dernier checkpoint dans la nuit, avant la frontière. Des soldats gardent le vide d'un espace inviolable. Il ne se passera jamais rien ici.

Plus loin, à la frontière, nous croisons des milliers de voitures, des réfugiés congelés, épuisés. Des exilés, venant de Kharkiv, Kiev, Jytomyr, qui ont tout quitté. Quasiment que des femmes et des enfants. Les maris, les pères, les fils sont restés pour combattre.

Après des heures d'attente, nous abandonnons la voiture et traversons à pied la frontière. Le bruit des roulettes des valises résonne sur l'asphalte. L'arrivée dans le camp d'accueil des réfugiés ressemble à la fin heureuse d'un film. Des dizaines de volontaires déploient toute leur énergie pour venir en aide, soutenir, servir un café entre les tentes, dans une lumière douce de crèche de Noël. Comme c'est étrange d'assister à un tel spectacle après n'avoir croisé pendant trois semaines que des visages fermés, tristes, désespérés, terrorisés. La bonté est plus déconcertante que le crime. Je ne sais pas pourquoi la banalité du mal fascine tant, alors que cette jeune femme que nous voyons passer d'une famille à une autre, sourire aux enfants, apaiser un grand-père, devrait être l'énigme absolue qui nous captive.

Lorsque je reviens en Ukraine au bout de deux mois, le printemps est arrivé. Je replonge au cœur du volcan, à la fois soulagé et effrayé. Des papillons volettent au milieu des fleurs sauvages et je suis heureux d'être là, avec ces soldats, au mauvais endroit, au mauvais moment. Je fais mon travail.

Juste derrière la rivière Donets, sous un insignifiant auvent de tôle qui, espèrent-ils, les cache des drones, ces trente soldats ukrainiens, épuisés, reprennent leur souffle. Certains font leur signe de croix orthodoxe. D'autres sont prostrés. Les visages ont vieilli ; la guerre blanchit les gueules, affaisse les traits, vide les yeux. Les Russes ne sont qu'à un kilomètre. À chaque instant, quand de puissantes détonations retentissent et que des panaches de fumée grimpent vers le ciel, les hommes, résignés, se contentent de tourner la tête vers l'impact ou se mettent à courir derrière une camionnette garée là. Protection dérisoire. Tous sont agrippés à leurs armes. Boucliers inutiles. La mort rôde partout, pénètre par tous les interstices de l'imagination : un seul obus, comme celui tombé à cent mètres, les tuerait tous.

Le nœud ferroviaire de Lyman magnétise les forces russes, la ville est assiégée depuis trois jours. Lorsqu'elles l'auront conquise, elles pourront ravitailler leurs troupes et bombarder Sloviansk et Kramatorsk.

Deux heures plus tard, Lyman tombe. Pourquoi suis-je revenu ? Je ne sais pas. Je sais simplement que cette guerre résonne en moi de manière particulière. Je dois être là. En tout cas, j'y crois dur comme fer. Est ce une religion que je m'invente ou bien une vérité mathématique et psychologique qui s'impose à moi ? Je dois essayer de comprendre, je veux raconter. Tous ces civils, ces soldats que je rencontre chaque jour ne sont pas les protagonistes des articles que je vais écrire demain, ce sont des êtres humains, des personnes, des frères.

Je veux raconter que partout, dans le Donbass, les soldats creusent et meurent. Une armée de taupes dans une guerre de bombes et de pelles. Les forces ukrainiennes s'enterrent pour résister aux coups de boutoir des troupes russes, qui ne cessent d'avancer malgré leurs pertes monstrueuses : plus de trente mille hommes sont passés sous le hachoir en trois mois. J'ai l'impression d'évoluer dans un livre d'histoire sur la Première Guerre mondiale, j'assiste à des scènes que je croyais révolues. Les obus sifflent au-dessus de nos têtes à quelques kilomètres au sud de Izioum.

Dans sa tranchée, Skif s'en fout. Il sourit, le nez rivé sur son portable. Sur le bras droit du jeune Ukrainien, un tatouage : « Je t'aime maman. » Sa mère est morte quand il avait onze ans. Un an plus tard, il s'est fait tatouer ces mots. Depuis, il a grandi et son tatouage a grandi avec lui. L'inscription, devenue presque illisible, lui mange tout le bras. Soudain, il me tend son portable pour qu'on lise le message reçu de sa femme réfugiée en Suède avec leurs enfants : « Mon lapin, encore une journée sans toi, tu me manques beaucoup, déjà 70 jours. Je veux t'embrasser et m'endormir sur ton épaule, caresser ton ventre et masser ton dos, juste que tu sois près de moi, je t'aime, tu es tout pour moi. Désolée de t'écrire dans la langue de l'agresseur, je veux être près de toi. »

— Comment ne pas défendre l'Ukraine quand tu reçois des messages pareils ? s'écrie Skif, indifférent aux déflagrations autour de lui.

Puis il ajoute en baissant la tête :

— Mais je ne suis pas d'accord avec elle. Le russe, ce n'est pas la langue de l'ennemi. C'est aussi notre langue. Mon grand-père qui a libéré Berlin parlait russe !

En temps normal, les soldats restent trois jours sur le front – la « ligne zéro », comme ils la surnomment – avant d'être relevés et de revenir à l'arrière. Mais Skif vient d'y passer neuf jours d'affilée. Il est le seul à avoir fait ça. Il ne compte plus. Je suis heureux de raconter l'histoire de ces hommes qui ne comptent pas. À vingt-sept ans, il a adopté les neuf enfants que sa femme avait d'une première union, ils en ont fait deux de plus et il désire adopter deux orphelins après la guerre.

Je veux raconter l'histoire d'une étrange bicoque plantée au milieu des champs incendiés par le phosphore des bombes. Tous les autres bâtiments sont en ruine, sauf cette ancienne ferme à miel. À moitié enterrée, elle est par miracle toujours debout et ressemble à un bateau échoué. Elle est habitée par une troupe de volontaires intégrée à la 95e brigade mais commandée par l'énergie du désespoir. Ce sont des corsaires de l'Ukraine. Pas de grades dans l'unité, peu d'armements modernes. Ici, on monte en ligne avec ses couilles, son cœur, ses tripes. Les hommes rêvent d'un pick-up pour évacuer les blessés. Au cœur de la forêt qui borde la ferme, ils ont creusé une ligne de défense camouflée par la verdure qui rappelle les casemates de la guerre du Vietnam. Dans les champs abandonnés, un réseau de tranchées fait la fierté de Oleksander, l'un des premiers à être arrivé ici. Il a quarante-huit ans, un ventre gourmand, et porte une paire de lunettes légèrement teintées. Sans grade officiel, c'est lui qui dirige cet étrange équipage avec l'esprit de Patton et le physique de Papa Schultz.

— On défend la terre et la terre nous défend, répète-t-il à ses hommes pour leur donner le courage de creuser plus profondément.

Ils sont une trentaine à vivre dans ce décor. Ils sont épuisés. Oleksander n'a pas besoin de donner d'ordres. Chacun sait ce qu'il a à faire. En posant ses grosses paluches sur mes épaules, il s'époumone :

— Mes soldats se foutent du confort. Et puis ils sont tous un peu tarés. Ils tueraient des Russes avec une pelle ! Les Cosaques ne peuvent pas être battus.

Deux chats se glissent entre ses jambes. L'un d'eux porte une tache noire sous le nez. Tout le monde l'appelle Hitler, pour blaguer et pour énerver Poutine.

Je veux aussi raconter Vova, Nazare et Genia, trois frères qui combattent dans le bateau pirate de Oleksander. Inséparables, ils veillent les uns sur les autres et appellent tous les jours leur mère, Alyoana, pour la rassurer.

— S'il n'y a que deux places en ligne zéro, on n'y va pas, déclare Vova.

« Que Dieu vous sauve ! » ont dit leurs parents quand les trois garçons leur ont annoncé leur départ. Ils combattent depuis deux mois dans le Donbass. Vova était boulanger, Genia s'occupait de vidéo-surveillance avec Nazare. Vova raconte les tranchées de la ligne zéro, trop peu profondes, environnées de vaches qui, éventrées par les obus, pourrissent sur place. Les anecdotes s'enchaînent :

— Une fois, on était allongés dans la tranchée. Ça tirait beaucoup. J'ai senti une vibration bizarre. J'ai pensé que c'étaient les Russes qui préparaient une attaque. En fait, c'était Nazare qui ronflait. Il dormait tranquillement sous les rafales, ce con-là !

Vova poursuit avec un autre instant cocasse :

— Un jour, à la radio, un type paniqué a annoncé l'arrivée d'un projectile inconnu qui battait des ailes. C'était… un oiseau !

En l'écoutant, Stass se marre. Il vient d'embarquer sur le bateau. Il s'occupe de la cuisine. C'est le puceau de la ligne zéro, et il rêve de se battre.

— Je veux être avec mes amis et préparer les meilleurs plats possibles pour eux, meilleurs que dans les restos français. Les autres me disent de ne pas y aller, mais je veux le faire. Et plus tard, après la guerre, quand je me marierai, je les inviterai tous. On va survivre à tout ça !

Je veux encore raconter la petite ferme de Pryvillia transformée en poste médical avancé. L'infirmière Valentina, mobilisée depuis deux mois, y attend les corps de deux soldats qui n'ont pas survécu à cette journée. Elle fume une cigarette dans une guérite qui sert de débarras, sous une treille couverte de grappes de raisins encore minuscules. Les oiseaux chantent. Une bicyclette déglinguée est posée contre un tas de casseroles rouillées, près d'un pot de peinture vide rempli de mégots. Valentina a trente-six ans, des yeux bleus et un tatouage discret sous l'oreille gauche. Aujourd'hui elle a déjà récupéré les dépouilles de six soldats, dont deux sont morts voilà un mois, abandonnés dans les combats féroces du printemps.

Au loin, un petit blindé râblé pétarade. Il débarque directement du front, proche du bateau pirate de Oleksander. La porte arrière s'ouvre. Un soldat âgé, blessé à la jambe, en sort en titubant. Il sourit à tout le monde, abasourdi d'être encore vivant. Ses camarades n'ont pas eu sa chance. Un obus est tombé dans leur tranchée. Tarass, Valentina et d'autres « médics » extraient deux civières du blindé, avec précaution. Ils ouvrent les bodybags noirs. Je découvre le visage de Skif, le soldat qui ne compte pas. Je reconnais sur son bras nu le tatouage distendu par le temps.

En silence, l'équipe médicale procède à l'identification. Chacun connaît son boulot. Un infirmier fouille les poches des soldats et dépose sur leur ventre les effets personnels, passeports, paquets de cigarettes, téléphones portables. Je repense au message de la femme de Skif.

Des éclats d'obus ont frappé les jeunes soldats au cou. Leurs camarades de tranchée ont tenté de les sauver en posant des pansements compressifs sur leurs plaies. En vain. Les infirmiers referment les sacs, inscrivent le nom et la date de naissance des défunts sur un ruban adhésif blanc. Skif s'appelait Mykola. D'après sa tenue soignée, c'était un homme méticuleux. Né le 3 novembre 1994, il est mort le 26 mai 2022. Les corps sont transférés dans un van qui part pour la morgue. Le gilet pare-balles de Skif gît dans l'herbe verte, maculé de sang. Cette fois, il a été inefficace. Il sera lavé et sauvera peut-être la vie d'un autre soldat. Les yeux dans le vague, Valentina s'allume une nouvelle cigarette.

Je veux raconter le navire de Oleksander après la tempête. Il a été labouré par une pluie d'obus : quarante-sept impacts au total. Stass, le cuisinier, est parti en ligne zéro. Il fait nuit. Hitler a grimpé sur les genoux de Oleksander.

— Ça veut dire que la nuit va être calme.

Le chef sans grade brûle une cigarette et engueule un soldat :

— Tu vas mourir si tu fumes pas !

Oleksander a perdu deux hommes aujourd'hui, mais il essaie de garder sa bonne humeur :

— Pour les hommes, il faut montrer l'exemple.

Il comprend mes questions avant qu'on les lui traduise, comme s'il scannait les expressions de mon visage.

— Je suis un peu chaman, m'explique-t-il. Dieu m'a donné ces capacités. J'ai du flair. Je crois en Dieu. Je sens les hommes. Ils sont mes fils. Quand ils vont sur la ligne zéro, je prie, je pleure pour eux.

Oleksander joint le geste à la parole. Dans l'intimité de la nuit étoilée, tout en caressant Hitler, il pleure pour de bon.

12

1989, en région parisienne. Pimpante, ma mère monte dans un hélicoptère en compagnie de Nikolaï Goubenko, le dernier ministre de la Culture de l'Union soviétique. Elle vient remplacer au pied levé un interprète indisponible. Dans le cadre d'un échange culturel, l'association France-URSS a invité une troupe de théâtre russe pour jouer une pièce dans la langue de Pouchkine à Cergy, et le ministre de Gorbatchev est du voyage. Ma mère est censée traduire au gros bonnet soviétique les mots du préfet français qui organise la visite en grande pompe.

Tout à fait inutile, un vol en hélicoptère est prévu au-dessus de Cergy pour épater la galerie venue de Moscou. Ma mère a le mal de l'air, les pales du rotor font vibrer l'habitacle, elle n'entend rien. L'hélicoptère survole l'usine Scotch, la célèbre marque d'adhésif. Le préfet prononce le mot « Scotch » et ma mère comprend que cette usine produit du whisky. Elle est surprise d'apprendre que la France produit du whisky à Cergy, mais pourquoi pas finalement. Elle traduit donc au ministre, lequel opine du chef en prenant un air pénétré.

Après le vol, en descendant de l'hélicoptère, elle vient s'excuser auprès du ministre pour sa traduction pour le moins approximative.

— Ne vous inquiétez pas, lui répond gentiment Nikolaï Goubenko, ancien acteur né à Odessa. Je n'ai rien écouté, j'étais aussi malade que vous, j'ai passé le trajet à essayer de ne pas vomir : les ministres soviétiques n'ont pas souvent l'occasion de faire des visites culturelles en hélicoptère !

En sortant de l'aérodrome, à peine remise de son vol, ma mère rencontre un grand type à l'air hautain et un petit râblé aux yeux électriques. Ils sont musiciens. Ils ont tous les deux vingt-sept ans et sont venus pour accompagner la troupe de théâtre russe. Pendant dix ans, ils ne quitteront plus ma mère.

Vadim et Piotr vivent en Sibérie, à Novossibirsk. Ils n'ont jamais vu l'Occident. Ni l'océan. Vadim joue de l'accordéon chromatique. Quand il se lance dans *Les Quatre Saisons* de Vivaldi, on a l'impression d'entendre tout un orchestre. Il est brun et athlétique, il a les yeux qui pétillent de malice, une voix douce, ne pense qu'au sexe et sourit tout le temps. Châtain, Piotr a le teint diaphane et porte de larges lunettes, à la mode dans les années 1950, derrière lesquelles il contemple le monde d'un air soucieux. C'est un virtuose de la balalaïka.

En 1648, sous l'influence de l'Église orthodoxe qui les juge diaboliques, le tsar Alexis Ier de Russie interdit l'usage de tout instrument de musique. Persécutés, les musiciens n'ont d'autre choix que de brûler le leur sous peine d'être envoyés en exil. Facile à produire, la balalaïka naît à ce moment-là. C'est un instrument de résistance. Les premières traces écrites de son existence remontent à 1688, quand des gardes du Kremlin arrêtent deux serfs ivres jouant de la balalaïka.

Piotr méprise son instrument. Lui, il souhaite devenir chef d'orchestre.

Ma mère est chargée d'accompagner les deux artistes à l'hôtel puis de venir les rechercher le jour suivant pour les emmener jouer des airs traditionnels russes, comme *Kalinka*, très connu des Français, mais détesté par les musiciens, sur les marchés des communes environnantes. Quand elle arrive à l'hôtel le lendemain matin comme prévu, un responsable prévient ma mère :

— Les ananas et autres fruits exotiques disposés au centre du buffet sont là pour la décoration, pas pour la dégustation sur place ou dans les chambres ! Merci de transmettre le message à vos amis russes.

Il ajoute que, désormais, il leur sera proposé pour les repas un menu fixe avec trois plats – Piotr et Vadim commandaient chaque fois tous les mets du menu.

Ce jour-là, il pleut des cordes sur le marché d'une petite commune de banlieue où le trio naissant a établi ses quartiers. Pendant que les musiciens se préparent à jouer, ma mère s'apprête à distribuer des flyers pour suggérer aux badauds de venir assister à une pièce de théâtre jouée… en russe.

Elle regarde les deux musiciens s'installer. Ils se connaissent à peine et n'ont encore jamais joué ensemble auparavant. Piotr est du voyage parce que son oncle est général et travaille au ministère de l'Intérieur de l'URSS. Il a choisi de voyager avec Vadim parce qu'on lui a dit que c'était le meilleur accordéoniste chromatique de Russie. Dès les premières notes, ma mère mesure leur talent. Après trois chansons, le responsable culturel de la ville, qui n'en croit pas ses oreilles, arrête le concert.

— Comment peut-on envoyer des musiciens de cette envergure jouer sur les marchés ! s'écrie-t-il. Incroyable que cela se produise sur ma commune. Je vous invite à déjeuner !

Pendant le repas, il promet à ma mère de faire revenir ces merveilleux musiciens et d'organiser pour eux un concert en bonne et due forme. Il tient parole. Et ensuite tout s'enchaîne.

Les deux *homo sovieticus* vont ainsi vadrouiller dans la France de la fin des années 1980, tels des gamins abandonnés dans un magasin de confiseries. Persuadés qu'ils ne reviendront jamais en France, ils veulent en profiter. Au supermarché, ils font des réserves impressionnantes de sacs en plastique – des trésors en URSS –, et collectionnent surtout ceux avec un logo, n'importe lequel, qui se revendent à prix d'or dans les rues – en russe, on appelle ces sacs des « Au cas où ». Ils rapportent aussi des bijoux et des échantillons de parfum pour leur femme et leur maîtresse. À son retour en Russie, Vadim raconte à sa mère, garde-barrière, sa visite à l'Ouest. Que les gens en France ont souvent deux voitures, qu'il y a des ananas dans les corbeilles à fruits des hôtels…

— Tout ce que tu as vu est faux ! l'interrompt-elle. C'est comme les villages Potemkine présentés à l'Impératrice Catherine II pour lui faire croire que tout allait bien en Crimée !

Pendant dix ans, les deux musiciens reviennent une vingtaine de fois en France. De temps en temps, ils descendent dans les couloirs du métro parisien pour se faire un peu d'argent. Chaque fois, ils jouent *Les Yeux noirs*, un grand classique du répertoire russe, dont les paroles sont écrites par un poète ukrainien, Yevhen Hrebinka. Ou encore *Maroussia*, entraînante rengaine traditionnelle ukrainienne que ma sœur Tatiana connaît par cœur.

Ils dorment souvent à la maison. Vadim m'apprend un air de piano mélancolique, dont je ne connaîtrai jamais l'auteur, et joue aux échecs avec moi. Piotr glisse parfois un CD de musique classique dans la platine et se met à diriger un orchestre imaginaire à l'aide d'une baguette chinoise. Ses gestes sont brusques, il adore Wagner. Je le regarde, impressionné. Habité par la musique, il connaît chaque note de chaque *opus*, de chaque symphonie, de chaque concerto.

Très vite, ma mère devient leur imprésario officiel. À Étretat, un jour de février, les Sibériens découvrent la Manche et vont aussitôt se baigner en slip sous les yeux ébahis de ma mère et de quelques rares passants. Au retour, Vadim marche sur les mains et Piotr réajuste en souriant ses lunettes embuées.

Plus tard, ils jouent dans la cathédrale de Chartres lors des rencontres européennes de l'accordéon, puis s'en vont à Paris au Palais des Congrès, où l'animateur de télévision Pascal Sevran les présente comme le « feu qui couve sous la glace ». Un ami a prêté un smoking à Vadim, trop petit pour lui. Il porte des chaussures brillantes en plastique noir, imitation cuir. Au moment de l'appel, derrière le rideau, il disparaît brusquement. Paralysé par le trac, il est pris d'horribles maux de ventre. Ma mère et Piotr ne s'inquiètent pas outre mesure car ils savent qu'avec lui ces affaires sont réglées en deux minutes chronomètre en main. Et en effet, Vadim revient immédiatement des toilettes. Il a repris des couleurs. En revanche, pour une raison inconnue, il n'a plus de chaussettes. Il entre en scène dans son smoking trop court, ses chaussures en plastique et sans chaussettes. C'est un triomphe pour Piotr et lui. En cinq minutes, ils ont gagné une somme qui leur aurait permis de s'acheter un petit studio à Moscou.

Avec l'aide de ma mère, tandis que l'URSS s'est effondrée, Piotr et Vadim sillonnent la France à intervalles réguliers, de Saint-Pol-sur-Mer à La Ciotat. Ils sont le plus souvent invités par des municipalités communistes et sont chaleureusement accueillis partout ; logés en chambres d'hôte ou reçus et nourris dans des familles.

Les concerts durent deux heures. La troïka a mis en place une chorégraphie bien huilée. Ma mère commence par une mini-conférence. Elle présente Vadim et Piotr, raconte leur histoire et celle de leur instrument puis essaie de répondre aux nombreuses questions sur la vie quotidienne après la fin de l'Union soviétique. Ensuite, les artistes jouent sans compter leur temps et, à la fin du spectacle, ma mère vend des cassettes artisanales et des petites balalaïkas en bois faites et peintes à la main par Andreï, le frère jumeau de Vadim.

Entre deux concerts, Vadim et Piotr se disputent régulièrement sur les aires d'autoroute, pour savoir lequel des deux fera le plein de la voiture ; ils se chamaillent aussi pour s'asseoir à l'avant et contrôler ainsi à quelle vitesse roule ma mère. L'automobile n'est pas un bien de consommation courant en Russie. Aucun d'entre eux n'a son permis de conduire.

À Moscou ou à Novossibirsk, l'essence s'acquiert encore au marché noir, et passe de mains en mains, dans des bouteilles en plastique. Enfoncer le pistolet dans le réservoir et entendre gicler l'essence leur procure un plaisir enfantin, un sentiment d'abondance. Si Piotr l'emporte pour faire le plein, Vadim s'en va bouder dans la boutique de la station pour y acheter un sandwich plein de mayonnaise et toute une provision de revues érotiques – à chaque voyage, il rapporte en Russie une pile de *Playboy* ou de *Lui*. Dans la voiture, Vadim en ouvre un, déplie nonchalamment le poster central et reluque la *playmate* de la semaine en riant aux éclats, manquant d'éborgner ma mère au passage, qui s'efforce de conduire, pendant que Piotr, assis à l'arrière, fait mine d'étudier ses partitions en allongeant son cou pour loucher sur le poster. Piotr est capable de reconnaître n'importe quelle partition de n'importe quel compositeur en un clin d'œil. Ses yeux se posent sur les notes et, immédiatement, il cite l'œuvre et son créateur. Mais il est moins expert en posters érotiques. Il se prépare à devenir chef d'orchestre et passe le plus clair de son temps à l'étude.

Parfois, dans l'intimité des longs trajets en voiture, Piotr et Vadim parlent ouvertement de leurs problèmes sentimentaux et décrivent par le menu les aléas de leur vie sexuelle à ma mère, qui n'en demande pas tant. Piotr aimerait savoir s'il est bien normal que sa femme n'ait qu'un orgasme par mois, lors de son ovulation. N'est-ce pas étrange ? Quant à Vadim, il attend d'être consolé, parce que sa maîtresse, une « formidable femme fontaine », vient de le laisser tomber.

Ma mère essaie de garder son sérieux devant ces révélations dont elle ne sait que faire. Souvent, quand ils voient passer une jolie jeune femme, ils murmurent en français, en allongeant les syllabes, « Cherchez la femme… », avec un air entendu et la lippe libidineuse. Ma mère ne comprend pas la référence et leur sourit pour leur faire plaisir. J'ai cherché. Il s'agit d'un film de Raoul André de 1955 probablement diffusé en URSS dans leur jeunesse.

Les deux loustics se querellent souvent pour un rien. Ils se méprisent gentiment l'un l'autre, se sachant parfaitement complémentaires. Piotr ne comprend pas pourquoi tout ce qui intéresse Vadim se passe au-dessous de la ceinture. Et Vadim ne comprend pas pourquoi Piotr pinaille au moindre problème. C'est devenu leur vie : ma mère se trompe de route, oublie son sac à main dans une station-service, Vadim feuillette ses revues pornos ou marche sur les mains, Piotr révise ses partitions et pose des questions incongrues. Et la troïka infernale poursuit son chemin aux quatre coins de France.

À l'été 1996, Piotr et Vadim débarquent au mariage de ma sœur Sonia, organisé dans la maison de campagne familiale, isolée au milieu de prairies de fleurs sauvages et entourée de forêts de chênes et de pins. Ce mariage, folklorique et foutraque, est le plus enchanteur auquel j'ai assisté. Ma mère n'a pas loué de tente, misant sur le soleil, qui est au rendez-vous.

Pour décorer les tables, Thomas, le prince charmant, a volé des tournesols dans des champs à quelques kilomètres. Nos amis russes, à présent membres à part entière de la famille, arrivent avec une dizaine de jours d'avance. Contrariée, ma mère leur achète des bateaux pneumatiques jaunes d'enfants afin de les occuper. Ils partent pêcher au milieu de l'étang près de la maison. Ce sont d'excellents pêcheurs. Presque trop bons. Ils vident l'étang en un après-midi. Des dizaines de poissons ruisselants tournoient dans un seau, à leurs pieds. Vadim tue méthodiquement les poissons à coups de marteau, tandis que Piotr déniche dans une grange, abandonnée aux toiles d'araignées et aux nids d'hirondelles, de vieux pots de peinture vides dans lesquels les deux compères salent les poissons avant de les faire sécher au soleil de l'été, ainsi qu'on le fait depuis toujours dans les campagnes russes.

Deux jours avant son mariage, ma sœur découvre avec horreur que sur la treille de vigne, qui apporte un peu d'ombre à la terrasse, pendent des poissons aux effluves peu ragoûtants. Juste devant les tables des invités. Pour ne pas vexer ses « fils russes », ma mère leur explique que les Français n'ont guère l'habitude de voir des poissons sécher pendant un mariage. Il est donc convenu que les poissons seront pendus en bas du champ, dans une cabane abandonnée.

La noce se déroule comme dans un rêve. Ma sœur se marie dans une minuscule église romane. J'entre dans le lieu sacré en portant une icône selon le rite orthodoxe, pendant que Piotr et Vadim entament le *Printemps* de Vivaldi face à un prêtre un peu dépassé par les événements.

Pendant le dîner, Piotr et Vadim jouent des airs traditionnels, tandis que la vodka coule à flots. Lorsqu'on passe à la musique moderne, tout le monde danse sur un parquet en bois, loué par ma mère, qui s'est délité avant la fête et que Vadim a réparé en un tournemain juste avant le début des festivités. Et puis, en fin de soirée, Piotr et Vadim, titubant dans les champs, décident d'aller chercher les poissons salés pas tout à fait séchés, puis de les distribuer aux invités sur le départ, médusés devant ce cadeau de mariage si différent, si russe. J'ai rarement vu ma mère rire autant.

Des années plus tard, ma mère, qui travaille pour une agence de tourisme, revoit une dernière fois Vadim à Novossibirsk. Ils vont ensemble « vendre » la France au fin fond de la Sibérie, dans l'Altaï, dans la ville de Barnaoul, à la frontière chinoise. C'est la première fois que Vadim entre dans un hôtel en Russie. Ma mère le voit très vite disparaître avec une fille portant un chemisier froufroutant. Elle ne s'arrête pas de rire de la semaine. En 2010, Vadim est atteint d'un cancer. C'est Piotr qui prévient ma mère. Avec ma sœur Sonia, elle ouvre une collecte sur Internet pour réunir des fonds et l'envoyer se faire soigner à l'aide d'un nouveau protocole en Allemagne. En vain. Il meurt avant. Parfois, je rejoue au piano l'air mélancolique qu'il m'a patiemment appris.

Piotr est devenu un grand chef d'orchestre. Il n'a jamais coupé les ponts. Il appelle encore régulièrement ma mère. Quand, au début de la guerre, elle lui a demandé comment les choses se passaient en Russie, il a répondu en plaisantant :

— Oh ça va très bien chez nous, c'est chez vous que ça ne va pas.

Piotr soutient la politique de Poutine, et je suis certain que si Vadim était en vie, jeune et fringant comme autrefois, il serait parti à la guerre sans remettre en question les balivernes servies par le pouvoir russe. Et il aurait été tué au combat, comme des dizaines de milliers d'autres pauvres bougres, persuadés de sauver la mère patrie, la sainte Russie.

13

Le soleil a brillé toute la journée. La neige de la partie d'échecs de la veille a fondu. La glace commence à se disloquer sur le lac. Il fait encore frais, mais le printemps n'est plus très loin. Près de la maison, Vania coupe du bois. Son visage a beau être fatigué et ses yeux bleus cernés de noir, il demeure vigoureux. À grands coups de hache précis, il éclate les bûches en deux.

Assis sur un banc au bord du lac, Sacha l'observe. Le commandant Adam arrivera demain. Sacha devine que son protégé est terrifié à l'idée d'être libéré, qu'il craint autant le coup de masse que sa vie d'avant. Car si, par chance, le groupe Wagner oublie son existence, la misère, elle, ne le ratera pas.

Un autre ours taciturne vient s'asseoir près de Sacha. C'est Volodia, le voisin silencieux. Il fait un signe de la tête, Sacha lui répond par une brève mimique. Il revient de la pêche blanche, devenue dangereuse avec le redoux. Les deux hommes restent assis en silence sur le banc. Du coin de l'œil Volodia scrute son voisin qui replace sans arrêt ses petites lunettes rondes sur le bout de son nez.

— Quelque chose te tracasse, Sacha ?

Ce dernier tourne lentement la tête vers son acolyte puis fixe longuement l'horizon. Il ne sait pas s'il a envie de parler.

— Je m'inquiète pour le petit, finit-il par dire.

— Ils viennent le chercher demain ?

— Oui, le commandant Adam sera là à l'aube. Il va faire quoi, ce gamin, sans moi ?

— Et toi, tu vas faire quoi sans lui ?

Sacha tourne de nouveau la tête vers Volodia, le regarde un instant avec fureur, puis s'apaise.

— Tu as raison. Je ne sais pas ce que je vais faire sans lui.

Volodia est plus jeune que Sacha même si les deux hommes ont l'air de vieux frères. Il a soixante-quatre ans, un passé mystérieux qu'il n'évoque jamais. Pendant la guerre d'Afghanistan, Volodia était artilleur – c'est la seule chose que Sacha connaisse de lui. Soudain, il croise les mains sur son ventre, prend plusieurs longues inspirations, comme s'il s'apprêtait à plonger en apnée, et prononce d'un coup plus de mots que lors de ces six derniers mois. Derrière sa voix de basse, la hache de Vania frappe régulièrement le bois.

— Je sais que tu as été un héros, Sacha, mais tu n'es pas allé à la guerre. Tchernobyl, ce n'était pas la guerre. Dans la guerre, pendant des mois, chaque minute, chaque seconde peut être la dernière de ta vie. Tu le sais, tu le sens, tu le vois. Et quand la dernière bombe est tombée, la dernière balle tirée, le dernier mort enterré, on rentre, et on ne retrouve jamais ce sentiment de sécurité. Il s'est dissous pour toujours. Moi-même, à mon retour, j'ai cru que tout serait comme avant, mais j'ai vite déchanté. Jamais je n'ai retrouvé ma vie d'avant. Jamais. Le Volodia d'avant-guerre n'existe plus. Ce sera pareil pour Vania. Même s'il n'a combattu qu'un seul jour, il a eu peur pendant des mois. La menace use autant que les bombes.

« Ça fait quarante ans que je suis rentré, et je sursaute toujours quand une porte claque. Vania va apprendre à vivre avec ça, il va apprendre à nager dans l'océan pendant la tempête. Il va apprendre ou, sinon, il coulera, comme tant d'autres avant lui, comme tant d'autres après lui.

— Apprendre à vivre avec ça ?

— Les gens s'accrochent à leur douleur comme si elle avait un sens, comme si elle signifiait quelque chose. Faut du temps pour comprendre que la douleur ne vaut rien.

Brusquement, le visage de Volodia se ferme. Il a fini de parler. Il a dit ce qu'il avait à dire. Sacha, qui ne sait pas quoi répondre à tout ça, se tait. Alors Volodia se lève, attrape l'anse de son seau, salue son voisin d'un hochement de tête et repart d'un pas lourd vers sa maison.

Quand le soleil tombe derrière l'horizon, parce que c'est leur dernière nuit ensemble et qu'il n'a pas d'autre idée, Sacha propose à Vania d'aller admirer les étoiles. Vania est surpris par cette drôle d'initiative – elle lui paraît incongrue, mais il est d'accord. Il n'a jamais contemplé le firmament comme un spectacle.

Vénus et Saturne brillent, la constellation d'Orion est plus basse sur l'horizon, le ciel d'hiver est en train de laisser sa place au ciel du printemps. Sacha et Vania montent dans une barque et glissent sur l'eau en brisant à coups de rame la glace fine du lac. Parvenus au milieu, là où les cimes des arbres ne gênent plus leur observation, ils s'allongent côte à côte au fond de l'embarcation pour regarder les étoiles.

Vania commence à les compter et songe à sa mère qu'il n'a plus vue depuis des années. C'est elle qui lui a appris à jouer aux échecs – il avait cinq ans. Elle était championne de sa région… Vania se rend compte qu'il est en train d'oublier la voix de sa mère. Il se remémore son enfance, avant l'orphelinat, quand elle lui chantait des airs tendres et doux pour l'endormir. Mais aujourd'hui il est incapable de se souvenir du timbre de sa voix. Les intonations sont effacées, les ondulations sont fragmentées, l'écho de cette voix qui l'a si souvent rassuré ne lui revient plus. Il ne se rappelle que ce qu'il éprouvait en l'écoutant. Maintenant qu'il y pense, ce qui s'en rapproche le plus, ce sont ces reflets argentés sur le lac frappé par le soleil du soir, ces reflets qu'il a regardés plusieurs fois avec plaisir, pendant qu'il coupait du bois. Oui, la voix de sa mère ressemblait à ces vaguelettes qui scintillent ; voilà ce qu'il se dit en regardant les étoiles.

De son côté, Sacha aimerait rassurer Vania, lui promettre que lui aussi finira par apprendre à nager dans l'océan pendant la tempête, comme le voisin Volodia, lui dire de ne pas s'inquiéter de son retour en Russie, que le groupe Wagner ne peut pas assassiner tous les prisonniers échangés. Il voudrait aussi le convaincre que cette guerre finira bien un jour, que les bombes cesseront de tuer, que les Ukrainiens et les Russes se reparleront comme avant, comme eux deux ont réussi à se parler. Il aimerait aussi lui raconter l'histoire de son fils, disparu au même âge que lui il y a presque vingt ans, lui confier qu'il l'aime bien, même s'il le trouve idiot parfois, et puis lui dire aussi qu'avoir un fils idiot, c'est mieux que de ne pas avoir de fils du tout.

Mais Sacha ne sait rien du destin de Vania, il ne sait pas s'il survivra à son retour, s'il survivra à la paix. Il ne sait rien du cours de la guerre, de ses rebondissements, il ne sait rien du tout, alors il se tait. La seule chose dont il est vraiment sûr, c'est qu'il aime bien Vania ; mais ça non plus, il ne lui dit pas.

Pendant une heure encore, les deux hommes continuent d'admirer le ciel dans le silence de leur respiration, avant de revenir vers la berge en écrasant la glace qui se reforme sur leur sillage.

14

Ma propre troïka, en Ukraine, c'est Fred, Sergueï et moi. Fred, le photographe, mon binôme habituel des zones de guerre. Fred n'est pas un homme tout à fait comme les autres. C'est un ingénieur doublé d'un inspecteur de police triplé d'un cycliste monomaniaque. Il ne se contente pas d'observer le champ de bataille, il l'écoute, le renifle, le scrute, l'analyse. Quand l'artillerie se déchaîne, il tend l'oreille et devine quelle munition vient d'être tirée, par quelle arme, depuis quelle direction. Pour la plupart des mortels, un corps dans une guérite reste un corps dans une guérite. Pas pour Fred. Les impacts sur le mur sont très serrés, balaient du haut vers le bas. C'est du 7,62 mm ; pas une arme d'assaut. Plutôt une mitrailleuse stabilisée sur un support, probablement une tourelle d'Oshkosh cédée à l'Ukraine par les États-Unis.

— Ce pauvre bougre qui gardait l'entrée a été tué lors de la reprise de ce quartier.

Cette acuité de Sherlock-photographe permet à Fred de voir et comprendre avant les autres, parfois avant les soldats eux-mêmes, et de se placer au bon endroit, au bon moment, en mesurant les risques, sans jouer les têtes brûlées. Grâce aux capteurs de lumière fins comme des ailes de libellules qui tapissent ses rétines, il prend des photos justes, incroyables, et peu de gens mesurent les difficultés surmontées pour saisir ces instants de fureur. Depuis qu'il a admis qu'il était presbyte, ce qui n'a pas été une sinécure, il est même encore plus vif, aiguisé.

Fred est un optimisateur-né, qui ne souffre pas l'à-peu-près et, pour une raison qui m'échappe, supporte de bon gré ma présence congénitalement désorganisée, comme je supporte avec joie sa passion irraisonnée pour Frank Zappa qu'il écoute en boucle dans la voiture.

À nos côtés, Sergueï est un journaliste ukrainien de vingt-quatre ans qui parle parfaitement le français et regarde avec rage son pays saigner sans fin face à l'envahisseur. Il ne sait pas parler à voix basse, tonitrue des « Voilà ! » et des « Oh là là » à tout bout de champ. Lorsque nous venons en Ukraine, Sergueï nous sert de traducteur, de guide, il est notre fixeur et nous ouvre son carnet d'adresses pour nous donner des accès que d'autres n'ont pas. Sa mère est ukrainienne, son père, russe. Sergueï est un jeune homme brillant engagé dans une guerre qu'il couvre à cœur battant et un conflit qui le ronge et le fait vieillir à toute vitesse.

L'été dernier, alors qu'il travaille sans nous, Sergueï est arrêté et emprisonné pendant trois jours par les services de renseignement ukrainiens qui le prennent pour un espion et l'interrogent sans relâche. Déshydraté et dénutri après cette expérience, mais blanchi par l'enquête menée contre lui, il passe une semaine à l'hôpital.

Nous le retrouvons à l'automne dans le Donbass, dans le village de Soledar, sur le point de tomber aux mains de Wagner, où tout manque de s'arrêter pour nous trois. Aux aguets, nous marchons dans un silence de mort entre des barres d'immeubles crevées par les obus, à la recherche de civils prorusses refusant de se faire évacuer, quand un déluge de roquettes s'abat sur nous. L'une d'elles explose à une vingtaine de mètres de nous, sur un carré d'herbe qui autrefois égayait les contre-allées. Par réflexe, nous nous collons contre un mur, et alors que d'autres roquettes pleuvent, une porte s'ouvre miraculeusement dans notre dos. Nous sommes projetés dans un escalier menant à une cave où des soldats ukrainiens pilotent des drones devant des écrans plasma. Nous sommes sidérés d'être toujours en vie. Dehors, les explosions se multiplient. La cave où opèrent les soldats ukrainiens est une zone secrète. Nous n'avons rien à faire là. Après quelques minutes de discussion, il nous faut repartir en courant vêtus de gilets pare-balles, en ahanant sous nos casques et sous les insultes de quelques habitants qui passent une tête à la fenêtre, persuadés que les Russes bombardent leurs immeubles chaque fois que les journalistes sont là.

Le soir, devant une bouteille de vodka, avec Sergueï et Fred, nous essayons d'analyser notre mésaventure en espérant qu'elle ne se répète pas. Je suis secoué car je comprends que je suis en train de jouer ma vie aux dés, et qu'il ne faut pas trop tenter le diable.

Un de mes amis, qui a arrêté ce métier, a une théorie sur ce sujet. Tout le monde naît avec une réserve de chance et, à chaque événement comme celui de cet après-midi à Soledar, cette réserve décroît peu à peu. Et puis, au bout d'un certain temps, quand elle a expiré, le reporter de guerre ne pourra plus reconstituer son capital chance. C'est à ce moment-là qu'il faut avoir le courage de ne plus en avoir, le courage d'accepter sa peur, le courage de cesser de se rendre en zone de conflit. Quand j'ai demandé à mon ami comment il s'était rendu compte qu'il n'avait plus assez de chance pour continuer, il a murmuré dans un sourire :

— Je le sens, c'est tout.

Moi, je ne sens rien et je ne sais pas comment mesurer mon réservoir de chance. J'ai l'impression de rouler sur la mobylette de mon adolescence, une Peugeot-103 qui, n'affichant aucune jauge d'essence, tombait régulièrement en panne. Mais avec le temps et l'expérience, on finissait par deviner qu'il fallait faire le plein.

Hélas, en Ukraine, on ne peut pas faire le plein de chance. Et quand elle survient, la panne est définitive.

Cet automne-là, pendant toute la durée de notre reportage, je constate que Sergueï a changé depuis la dernière fois que je l'ai vu. Ou, plus exactement, que la guerre l'a changé. Son visage est davantage fermé – ça se joue à quelques détails, un dixième de millimètre ici ou là, aux commissures des lèvres, aux coins des yeux. Même sa démarche a changé, elle est plus martiale. Depuis son arrestation et son interrogatoire de trois jours, il porte en permanence une veste militaire avec un badge aux couleurs de l'Ukraine collé sur la manche. Cette veste semble lui donner une assurance qu'il n'avait pas auparavant, il la porte tel un bouclier et s'expose inutilement sous le feu. J'ai l'impression qu'il est en colère et veut prouver aux soldats ukrainiens qu'il est plus courageux, plus ukrainien que n'importe lequel d'entre eux.

Fred a lui aussi remarqué ces changements. Inquiets, avant notre retour à Paris, nous lui recommandons de faire très attention dans les semaines à venir. Évidemment, ça ne changera rien du tout. « L'expérience ressemble aux cure-dents ; personne ne veut s'en servir après vous », écrivait Roland Dorgelès.

Un mois plus tard, nous revenons en Ukraine, pour rejoindre Odessa. Nous retrouvons Sergueï à la frontière avec la Moldavie où il vient nous chercher. La guerre l'a encore changé – mais dans un mouvement rigoureusement inverse. Cette fois-ci, la colère dans ses yeux a disparu, le rictus qui lui tordait les lèvres s'est évanoui. Il est redevenu le jeune homme des premiers jours de la guerre, amène, doux, souple, drôle. Dans la nuit, sur la terrasse d'une chambre d'hôtel et sous une drache lourde qui se mêle aux embruns iodés de la mer Noire, nous fêtons l'anniversaire de Fred avec l'aide précieuse de trois nouveaux flacons de vodka.

Au creux de l'obscurité, nous parlons vraiment pour la première fois. Les armures sont à nos pieds, et la confiance accumulée pendant l'année nous libère. Nous sommes devenus des frères d'armes, et nos seules armes sont un appareil photo et un stylo. Shot après shot, Sergueï nous raconte ce qu'il lui est arrivé durant notre absence.

Notre ami est parti en compagnie d'un de ses collègues, photographe ukrainien, vers le front avec sa voiture, un 4×4 Grand Vitara d'occasion qu'il vient d'acheter avec l'argent gagné à couvrir la guerre. Il en est très fier. Sergueï aime les belles bagnoles. Ce jour-là, il doit escorter un convoi de véhicules humanitaires qui part essayer d'exfiltrer des civils piégés en zone dangereuse. Beaucoup de gens n'acceptent d'abandonner leur maison qu'en dernier recours. Ils attendent que la vague les submerge pour appeler au secours. D'abord rampante, quand la guerre arrive, elle leur explose au visage et détruit tout, et souvent il est alors presque trop tard pour partir.

Dans son 4×4, Sergueï n'est pas concentré, il perd de vue le convoi, puis il continue sa route – mû peut-être par sa colère de l'été – et prend un mauvais chemin. Sans le savoir, les deux Ukrainiens ont traversé la ligne de front et pénètrent dans un village occupé. Ils sont aussitôt arrêtés par des forces régulières russes tandis que l'artillerie ukrainienne bombarde les alentours. Un officier, qui les braque avec son fusil-mitrailleur, les oblige à monter dans le coffre de la voiture. Sergueï parvient juste à temps à se débarrasser de son badge aux couleurs de l'Ukraine. Des soldats blessés montent dans la voiture, à l'arrière. Coincé dans son propre coffre, Sergueï s'inquiète pour ses sièges en cuir ; il craint que le sang des blessés ne les souille.

En route vers l'arrière russe, Sergueï et son acolyte sont en train de vider discrètement leur téléphone de toutes les images et contacts compromettants, quand l'officier russe qui conduit la voiture ordonne :

— Donnez-moi vos portables !

Machinalement, les blessés russes lui tendent chacun leur téléphone.

— Pas vous, imbéciles ! Les prisonniers !

Ainsi va la guerre, absurde, burlesque, dans ses instants les plus tragiques.

À six kilomètres du front, l'officier comprend qu'il n'aura pas le temps de s'occuper de ces encombrants prisonniers. Il compte réquisitionner la voiture et faire des allers-retours vers la ligne zéro pour ramener ses blessés. Il somme Sergueï et son ami de continuer leur route à pied et de se constituer prisonniers dès qu'ils rencontrent des troupes russes.

Les deux amis se retrouvent donc livrés à eux-mêmes et, bien entendu, décident de ne pas suivre les ordres. Ils ne savent pas qui les attend au bout du chemin. Les hommes de Wagner n'hésiteront pas à les exécuter. Même des forces régulières pourraient leur régler leur sort. La prison en Russie ? Ils préfèrent ne pas y penser et choisissent de profiter du chaos pour rebrousser chemin et essayer de rejoindre la ligne ukrainienne en passant à travers champ au milieu des explosions, en espérant ne pas être pris pour des soldats russes.

Ils rampent, claudiquent, évitent les mines, six kilomètres d'enfer, avant de tomber enfin sur des troupes ukrainiennes qui manquent de les éliminer – un sniper les a repérés dans son viseur, mais surpris par leur mise, n'appuie pas sur la détente. Sergueï est de nouveau arrêté, mais cette fois-ci il est rapidement libéré. Le Sergueï belliqueux, le dur à cuire prêt à abandonner le journalisme pour s'engager en première ligne, a été atomisé sous les bombes tombées à côté de lui, et le journaliste courageux, mais déterminé à survivre pour raconter, est revenu d'entre les mines.

Je me demande où en est sa réserve de chance.

15

A posteriori, je ne sais plus trop si c'était une riche idée de proposer à ma mère de partir avec moi en Russie pour mon premier reportage à l'étranger. Nous sommes en 2001, et je la regarde évoluer dans son environnement naturel à la manière d'un poisson qui retrouve l'océan après dix années de bocal. Je la trouve presque trop à l'aise. Dans le métro moscovite, les touristes russes nous demandent leur chemin et ma mère n'hésite pas à les aider.

C'est la première fois que je reviens en Russie depuis mes deux voyages scolaires, et la première fois que je m'y rends avec un regard adulte débarrassé des fantasmes des origines. À peine débarqué sur le sol russe, je remarque qu'un bon nombre d'hommes me ressemblent, ils ont le même regard un peu bridé et cette mâchoire trapézoïdale qui n'est pas un canon français. Mais cette fois-ci, j'ai bien l'impression de me trouver dans un pays étranger peuplé de lointains cousins avec lesquels je ne partage pas grand-chose, sauf peut-être cette gueule étrange, cet air slave.

Je suis venu raconter comment Vladimir Poutine, tout juste arrivé au pouvoir, est parti en guerre contre les oligarques et, surtout, comment il est en train de mettre la main sur les médias libres nés dans le chaos des années 1990. Aujourd'hui, je me rends compte que j'assistais alors aux prémices de sa prise de pouvoir sur les cerveaux russes. La brève parenthèse démocratique en Russie est déjà sur le point de se refermer. Désormais, et pendant deux décennies, Poutine va rabâcher à son peuple des mensonges qui vont finir par devenir une vérité pour lui.

Tout en haut d'un immeuble terne planté le long d'une avenue gigantesque et sans âme, la Nouvelle Arbat, je rencontre Sergueï Buntman, le rédacteur en chef de la célèbre radio libérale Échos de Moscou. Ma mère se présente avant que j'aie pu placer un mot :

— Mais oui, monsieur le rédacteur en chef, je suis sa mère et je l'accompagne parce qu'il n'a pas assez étudié la langue russe au collège. Mais je suis fière de lui tout de même ! Nous sommes en reportage ici tous les deux. Rendez-vous compte, une mère et son fils… Et puis, il est encore tout jeune, pas même trente ans et déjà reporter. Je lui fais découvrir Moscou, car, voyez-vous, nous sommes descendants de Russes blancs et, heureusement, j'ai trouvé quelqu'un pour garder mon chat, car sinon…

Un large sourire fend le visage d'ordinaire sérieux du rédacteur en chef qui tapote sa pipe. En quelques phrases, ma mère a convoqué la famille, les origines russes, les animaux domestiques, autant de clés pour ouvrir les coffres-forts les plus verrouillés. Elle est très fière de son ouvrage. Alors le rédacteur en chef nous livre le fond de sa pensée. Aux yeux du peuple russe, Eltsine était un peu le premier garçon du village, courageux, qui sait boire et va protéger tout le monde, alors que Poutine est le magicien d'Oz. Il est l'incarnation de leurs désirs, il répond à leurs complexes. Ils croient qu'il va rendre sa grandeur à la Russie.

Cette même année, la Douma, chambre basse du Parlement, vient d'adopter une résolution qui rappelle que « le gouvernement doit défendre la conscience nationale contre les actions négatives de la télévision et de la radio ». La chaîne indépendante NTV est au cœur de la cible. Ses journalistes travaillent dans un imposant immeuble au nord de Moscou.

Ma mère utilise le même arsenal pour faire fondre le cœur du rédacteur en chef Grigori Kritchevski, habillé d'un costume gris passe-muraille et qui nous accueille avec une tête de porte de prison. Je me rappelle cette scène comme si c'était hier. Je revois ma mère qui lance l'offensive, toute en boucles blondes et en sourires, et le journaliste en face qui vacille en l'écoutant, rit de toutes ses dents blanches. Je me souviens parfaitement de son visage qui s'illumine et tranche avec le gris du costume. Je vois encore l'homme tenter de se reconcentrer et qui finit par lâcher ces mots que j'ai griffonnés sur un carnet :

« Poutine est conseillé par d'ex-kagébistes qui ont l'obsession paranoïaque du secret. Ils croient toujours que si l'on n'annonce pas une mauvaise nouvelle, elle n'existe pas. Poutine raisonne toujours comme un bolchevique et, pour un bolchevique, il n'y a que deux façons de voir les choses : la sienne et celle qui est fausse. »

En relisant ces notes, je suis surpris par la liberté de ton de ces journalistes qui croyaient encore pouvoir résister aux lentes manœuvres d'étranglement du tsar Poutine ; je suis également frappé parce qu'ils auraient pu tout aussi bien être dits hier.

Pendant les entretiens, ma mère oublie parfois ma présence, engage une longue conversation avec nos interlocuteurs et m'enguirlande si jamais je l'interromps pour lui rappeler qu'il faudrait quand même traduire de temps en temps.

— Je t'expliquerai plus tard, sois patient enfin !

La plupart du temps, les échanges s'achèvent par de grandes embrassades entre ma mère et les personnalités interviewées, tandis que moi, je souris bêtement à côté d'elle, comme un enfant de huit ans qui n'a rien compris à ces conversations entre adultes. Ma mère est aux commandes, brise-glace déterminé à faire fondre toutes les banquises alentour.

Le soir, dans la chambre surchauffée de l'hôtel Intourist – autrefois réservé aux Occidentaux et truffé de micros, mais aujourd'hui détruit –, elle me décrypte les interviews en chuchotant et prend un air entendu en regardant les murs.

Ensuite, nous allons nous promener, manger des pelmenis, et allumer deux bougies dans la fameuse petite chapelle que chérissait ma grand-mère, à l'entrée de la place Rouge. À cet instant, je ne crois pas que la Russie redeviendra une menace pour le monde, je ne crois pas que ses médias libres seront écrasés, broyés, mis au pas, mais je devine que les échafaudages de la prison mentale en construction sont déjà posés.

Treize ans plus tard, en 2014, les premiers obus font gicler la terre noire du Donbass. Je ne m'y rends pas. Je suis encore en Russie.

La crise en Ukraine. Un sujet de conversation qui revient partout en boucle dans les dîners, au bureau, à la machine à café. On le retrouve aussi dans les assiettes (menu « Burger Donetsk »), dans les taxis, décorés du ruban orange et noir de la croix de Saint-Georges, symbole de la victoire sur l'Allemagne et signe de ralliement des milices prorusses en Ukraine. Tout le monde est obsédé par ce qui se passe dans le « pays frère ». Les gens se disputent, des amitiés sont détruites après trente ou quarante ans de fidélité. La Russie se déchire. Chaque réunion de famille tourne au pugilat. Finalement, le sujet étant trop sensible, la plupart décident de ne plus en parler.

Alors que la guerre commence en Ukraine, moi, je marche dans la boue d'un village isolé du nord de la Russie, Tériberka, à la recherche de « l'âme russe ». Aussi étrange qu'elle puisse paraître, c'est ma mission, et cette fois ma mère est restée en France.

Je me suis d'abord rendu à Kirovsk, au nord du cercle polaire arctique, pour débusquer la Russie qui s'étiole loin de Moscou et de Saint-Pétersbourg. La Russie cadavérique, corrompue, provinciale, alcoolique et violente, dépeinte par le réalisateur Andreï Zviaguintsev dans son film *Léviathan*, tout juste couronné au Festival de Cannes cette année-là. Youri, un photographe de guerre russe, m'accompagne.

Depuis que nous sommes arrivés, nous allons de déconvenues en déconvenues. Nous imaginions que Kirovsk était un horrible bouge peuplé de nationalistes bas du front sous perfusion de vodka, et nous découvrons une jolie petite bourgade de vingt mille habitants, plantée au bord d'un lac, à trois heures de route au sud de Mourmansk. Première surprise : la route pour venir est parfaitement asphaltée, digne des nationales européennes. Ce n'est pas un détail en Russie, et Youri s'en étonne car d'ordinaire l'état des routes, c'est la partie visible de la corruption des marchés publics. Souvent, il n'y a pas de routes du tout, juste des directions.

À Kirovsk, les habitants vaquaient à leurs occupations, pressés, comme dans n'importe quelle ville d'Europe. Nous avons élargi notre recherche. Nous nous sommes fait inviter dans un mariage, nous avons visité un conservatoire de la ville, interviewé une journaliste locale, fait un tour dans la mine. Nous nous sommes même rendus à l'église. Pas d'alcoolisme apparent. Pas de misère exubérante. Des enfants. De jeunes entrepreneurs. Des gens ouverts, prêts à parler.

Agacés, nous avons persévéré. Nous sommes allés à « la fête de la patate ». Oui, la fête de la patate, sûrs d'y trouver la Russie rurale punk que nous étions venus chercher. C'était une fête de village classique. Chacun venait gentiment vendre son ail, ses pommes de terre, ses framboises. Des jeunes filles entonnaient des chants folkloriques sur une estrade. Des gamins jouaient à se tirer dessus avec des pistolets en plastique. Le maire, un gaillard nommé Mikhaïl Gorbatchev (!), y est allé de son discours : « La terre ne donne rien si on ne la travaille pas. »

Déçus, nous sommes partis le lendemain matin vers le deuxième lieu de tournage du film *Léviathan*, Tériberka, en compagnie de Igor, un jeune trentenaire qui veut lancer son entreprise de tourisme dans la région. Sosie arctique de Raspoutine, il porte une barbe qui lui frôle le nombril. Bientôt, la forêt laisse la place à une taïga brute que le vent balaie inlassablement et la route se mue en piste. Igor nous explique ce qui nous attend : là où l'on va, il n'y a rien. La civilisation s'arrête ici. Voilà Tériberka, au bout de la piste et au bout du monde.

Tériberka la « terrible » est une ville presque morte échouée sur les rivages de la mer de Barents. Un port de pêche désert, où la nature reprend ses droits et où quelques centaines de personnes survivent encore. Une école, une usine de poissons, un minuscule magasin de chaussures pour femmes, gardé par un berger allemand et un side-car des années 60, de la boue, des immeubles fantômes, pour la plupart en ruines comme après un bombardement. Et c'est tout.

Zviaguintsev n'a pas montré ce vide, ces fissures béantes, ces immeubles morts. Ou si peu. Il s'est contenté de filmer la nature sublime, l'océan rageur, la côte de granite découpée de dentelles minérales, les galets, les épaves des anciens bateaux.

Au moment où nous allons quitter ce bout du bout du monde, un automobiliste ivre défonce la boutique de chaussures pour femmes. L'homme sort de sa voiture en jurant. Dans le froid glacial, il porte un simple tee-shirt sur lequel est écrit en russe : « Ministère russe des situations d'urgence. » Avec Igor, on rit. On a enfin compris. On a compris qu'aucun film, aucun article, aucun livre ne pouvaient mettre en boîte cette Russie trop vaste, sa normalité souvent bizarre, ses tragédies parfois joyeuses. « L'homme russe est trop large. J'essaie de le rétrécir », disait Dostoïevski.

Devant l'apathie russe face à la guerre en 2023, je repense souvent aux mots prononcés par le réalisateur Zviaguintsev rencontré avant mon départ : « Ce pays est peut-être trop vaste pour être gouverné. Pour la plupart des Russes, Poutine est un type totalement inaccessible et Moscou, à plusieurs jours de train. En Russie, on dit depuis toujours : *Dieu est haut, le tsar est loin*. Dans un pays en bonne santé, c'est important de savoir qui a le pouvoir. Nous, c'est l'inverse : le pays est en mauvaise santé, et tout le monde se fiche de savoir qui le dirige. »

Au terme de ce voyage, j'ai surtout enfin compris que « l'âme russe » n'existe pas, que c'est un concept sexy pour la littérature, entraînant pour les Occidentaux – en tout cas avant la guerre –, mais un concept fumeux. Il n'y a pas d'âme russe, il n'y a que des humains qui essaient de survivre dans les conditions qu'on leur impose, il n'y a que des décisions politiques qui influent sur leur manière d'être, qui rétrécissent ou agrandissent leurs espoirs et leurs journées.

J'en suis convaincu maintenant, « l'âme russe », ce fatalisme parfois plein de panache, cette exacerbation des élans du cœur, est le fruit de choix politiques accumulés au fil des temps, pas d'une sensibilité produite *ex nihilo* et en série à la naissance des petits Russes par la magie noire d'une génétique particulière. Les Russes ne naissent pas russes, ils le deviennent.

Et je comprends par voie de conséquence que je ne suis pas russe. Non, je ne suis pas russe, je suis français de toutes mes fibres, je suis européen de toute mon âme. Tous les torrents de mon histoire dévalent la même pente qui mène à cette identité, via mon bagage intellectuel, ma manière de penser, d'écrire, de manger, de boire l'apéro, de chanter, et même de faire l'amour. J'ai des origines russes, mais je suis français.

16

Après une nuit sans sommeil, des images de mauvais mélo polluant ses rêves éveillés, Sacha retrouve Vania qui sirote en silence son café.

— Je te sers une tasse ? propose le jeune homme en voyant arriver son ami.

— Oui, merci, Vania. J'en ai bien besoin, je n'ai pas dormi de la nuit.

— À quelle heure arrive le commandant Adam ?

— Il ne m'a pas donné d'horaire, il m'a juste dit à l'aube… Et généralement, il est ponctuel. Vania, je suis désolé que cela se termine ainsi.

— Ne sois pas désolé, Sacha. C'est ainsi que ça devait finir. Je te remercie pour tout ce que tu as fait pour moi.

— Oh, arrête avec ces phrases à la con, je n'ai pas fait grand-chose et si j'ai fait quelque chose, je l'ai aussi fait pour moi. Tu as peur ?

— J'ai mal au ventre. Mais je repense à ce que tu m'as raconté à propos du ciel quand on était à l'école de musique, les milliards de milliards d'étoiles, les distances infinies, alors j'essaie de relativiser, je me dis que si je suis tout petit, alors ma tristesse aussi elle est toute petite.

— Ce sont des conneries ça, gamin. Ta tristesse, elle est à ta taille, faut pas comparer avec les étoiles.

Sacha s'en veut de ne rien trouver à ajouter. Ce n'est pas que son cerveau est vide, c'est qu'il est trop rempli, les idées se cognent les unes aux autres, et aucune ne parvient à trouver le chemin de sa bouche. Il aimerait savoir mettre de l'ordre dans ses pensées, mais aujourd'hui il en est incapable. Il se lève et va farfouiller dans un placard plein d'objets d'origine indéterminée. Il finit par extraire de la pagaille un paquet de cigarettes qu'il brandit au nez de Vania tel un trésor.

— Je ne savais pas que tu fumais, s'étonne Vania.

— Uniquement pour les grandes occasions. Tu en veux une ? Je te préviens, elles sont dégueulasses.

— Volontiers.

Les deux hommes sont en train de pomper sur leur cigarette en se donnant des airs de bourgeois accrochés à leurs cigares, quand ils entendent un bruit de moteur. Ils se dévisagent un moment puis foncent vérifier à la fenêtre de la cuisine. Une grosse berline allemande vient de se garer devant la maison. Le commandant Adam en sort, seul. Il est habillé en civil et aucun soldat ne l'escorte. Surpris, Vania et Sacha froncent les sourcils et sortent à sa rencontre.

— Bienvenue, commandant. Vous avez fait bonne route ? s'enquiert Sacha.

Il sent que sa voix est trop affable, mais il ne peut pas la contrôler.

— Les routes sont moins pourries ici que dans le Donbass, j'en suis ravi, répond l'officier. Je viens de

Tchernihiv où j'ai passé la nuit. La route était donc courte. Mais je prendrais bien un café.

— Je vous en prie, suivez-nous.

Vania a gardé le silence, les trois hommes entrent dans la maison. Ils retirent tous leurs chaussures, comme le veut la coutume, en Ukraine et en Russie. Pendant que Sacha moud les grains de café dans son moulin, Vania met de l'eau à chauffer et sort une tasse. Le commandant, lui, inspecte d'un coup d'œil rapide l'intérieur de la cabane, plutôt soigné.

— Vous avez l'air bien installés tous les deux. Et c'est pour mes beaux yeux que vous avez enfilé votre uniforme ? reprend le commandant Adam.

— Absolument, répond Sacha.

Vania évite de prendre la parole ; il craint le commandant, sa tête cubique, son port haut, son regard gris. Il se contente de poser sa tasse de café devant lui. Les trois hommes sont maintenant assis autour de la table en bois clair. Le commandant boit trois gorgées de café, puis regarde alternativement les deux hommes.

— Pour commencer, dit-il, mettez-vous dans le crâne ceci : je ne suis jamais venu ici, vous ne m'avez jamais vu, c'est compris ?

— À vos ordres, répond Sacha, tandis que Vania opine du chef, incrédule.

— Je ne me suis pas emmerdé à venir dans ce trou à l'aube pour que vous jacassiez à la cantonade dès vous aurez bu un coup. Compris ?

— Compris ! répondent en chœur les deux hommes.

Le commandant se tourne vers Vania.

— Vania, vous êtes mort, vous n'existez plus.

— Comment ça, commandant ?

— Ce n'est pourtant pas compliqué : vous êtes mort.

— Je… Je ne comprends pas, commandant.

Le commandant se tourne vers Sacha.

— C'est vrai qu'il n'est pas bien malin ton protégé, Sacha.

— Pour être honnête, je ne comprends rien non plus, commandant.

— C'est pourtant simple et clair. Quand nous avons arrêté Vania, je lui ai pris ses papiers militaires, comme nous le faisons chaque fois avec les prisonniers pour déterminer leur identité. Eh bien, j'ai longtemps gardé ces papiers et, le mois dernier, j'ai pris la décision la plus stupide de toute ma vie : j'ai fourré ces documents dans la veste d'un pauvre bougre qui de toute façon n'en avait plus. Il n'avait plus de visage non plus. Son cadavre était gelé depuis des semaines, abandonné comme tant d'autres. Vous comprenez ce que cela signifie ?

Les deux hommes restent silencieux, abasourdis.

— Je vois que je ne suis pas aidé. Réveillez-vous, bon sang ! Ça signifie que les Russes, tôt ou tard, découvriront que Vania est mort au combat. Il n'existe pas non plus pour les services de renseignement ukrainiens puisque nous avons caché sa présence. Vania, vous êtes mort, mais vous êtes libre. Vous pouvez rester ici avec ce vieux pachyderme jusqu'à la fin de la guerre, si ça vous chante. Il sera alors temps de vous trouver une identité. Devenez ukrainien, je vous assure que c'est une nationalité d'avenir.

Sacha n'a pas pleuré depuis presque deux décennies, mais cette fois-ci il a les larmes aux yeux. Vania demeure immobile, aussi pétrifié qu'un lapin dans les phares d'une voiture. Pourtant c'est lui qui trouve la force de parler en premier.

— Comment vous remercier, commandant Adam ?

— Débrouillez-vous pour sortir vivant de cette guerre et occupez-vous correctement de cette baderne branlante qui vous sert de geôlier. Maintenant, je ne vais pas m'éterniser, j'ai d'autres imbéciles à sauver. Ne me raccompagnez pas. Et n'oubliez pas : je ne suis jamais venu ici.

— Commandant, pourquoi vous faites ça ? finit par articuler Sacha.

— Parce que je vous aime bien, Sacha. N'allez pas chercher plus loin que ça. Je vous aime bien, c'est tout.

— Merci.

Le commandant Adam est déjà sorti. Il monte dans sa berline, en redescend brusquement, ouvre son coffre et en tire un accordéon chromatique qu'il revient déposer dans la maison aux pieds de Sacha et Vania.

— J'allais oublier ! C'est pour vous. Personne ne sait en jouer à l'école de musique.

Vania et Sacha n'ont pas le temps de remercier leur bienfaiteur, la voiture démarre déjà dans un vrombissement et disparaît derrière la butte. Les deux hommes restent longtemps dans la cuisine sans rien dire, puis Sacha sort s'occuper. Vania le regarde faire, sans réagir. Ses mains tremblent. Il est épuisé nerveusement. Il devrait se sentir léger, mais il se sent écrasé.

D'un pas lourd, il va dans sa chambre, s'allonge, cherche un sommeil trop bien caché, puis se relève, prend une feuille et un stylo et se met à écrire. Au retour de Sacha, il lui tend la feuille noircie par son écriture.

— Tu sais écrire, toi ? raille le vieil homme.

— C'est une lettre pour ma mère. Je ne peux pas lui téléphoner pour la prévenir. J'ai trop peur. Alors je lui ai écrit une lettre. Avant de l'envoyer, je voudrais que tu la lises et que tu me dises ce que tu en penses.

Sacha s'assoit sur le porche de la maison, réajuste ses lunettes et commence à lire :

Ma chère maman, je ne peux pas te dire où je suis, mais sache que ton fils est en bonne forme et de très bonne humeur. Il m'est arrivé beaucoup d'aventures que je te raconterai j'espère après la guerre. Si quelqu'un t'annonce que je suis mort sur le front, surtout, ne le crois pas. Je vais bien, mais je suis caché. Pour te prouver que c'est bien moi qui t'écris et pas quelqu'un qui se fait passer pour moi, je vais te dire deux choses que nous sommes les seuls au monde à savoir. Quand j'étais petit, tu me chantais une chanson tous les soirs pour m'endormir, puis on se faisait un baiser « magique » : on s'embrassait chacun son tour sur le front, sur le cou et sur les deux poignets. J'ai à l'intérieur du bras le même tatouage que toi. Un soleil dans une lune pour ne pas oublier, comme tu me l'as appris, que le jour est toujours dans

la nuit et la nuit, toujours dans le jour. Je n'ai jamais oublié. J'espère que tu te portes bien. Ne t'inquiète pas pour moi. Ton fils bien solide.
Vania.

Sacha relit trois fois la courte lettre, puis il appelle Vania en criant. Le jeune Russe sort de la maison comme une taupe de son terrier, ébloui. Il avait enfin réussi à s'endormir cinq minutes.

— T'as une sale gueule, tu devrais sortir profiter du soleil, lance Sacha.

— Tu penses quoi de ma lettre ?

— Tu veux savoir le fond de ma pensée ?

— Bien sûr !

— Je pense que tu te paies ma tête depuis le premier jour de notre rencontre, je pense que tu joues à l'idiot depuis le début, mais que tu n'es pas du tout le crétin que tu te plais à jouer. Je pense qu'il serait peut-être temps que tu sois honnête, surtout si on doit continuer à vivre tous les deux dans cette bicoque jusqu'à la fin de la guerre.

Vania se mord les lèvres. Il regarde Sacha avec de grands yeux tristes. Il ne sait pas par où commencer.

— La bêtise, Sacha, c'est comme un bouclier, personne ne se méfie d'un imbécile. La bêtise, elle m'a sauvé la vie. Sans elle, tu ne m'aurais pas sauvé. Sans elle, tu te serais méfié de moi, et je ne serais pas là.

— Sacré salopard, je n'en crois pas mes oreilles ! Tu m'as manipulé depuis le début !

— Pardonne-moi, Sacha, je n'avais pas le choix, je devais sauver ma peau, mais je ne t'ai pas manipulé. C'est toi qui n'as rien voulu voir. C'est toi qui m'as vu comme un cliché d'imbécile heureux des campagnes russes !

Sacha repense à toutes ces parties d'échecs perdues face à Vania, il repense à tous ces airs de musique joués à l'accordéon, il repense à tous ces instants où Vania s'est montré futé, subtil, discret, habile, et soudain c'est lui qui se sent bête.

— Mais alors, tout ce que tu m'as raconté est faux ? demande-t-il.

— Tout est vrai. C'est juste ma manière de le raconter qui a dû te sembler stupide.

— Si tu es si malin, pourquoi t'es-tu engagé dans le groupe Wagner ?

— J'avais un contrat sur la tête en prison, je risquais de toute façon de me faire tuer. Et puis, je ne suis pas si malin que ça. Vraiment. Tu m'en veux, Sacha ?

— Il faut que tu me laisses un peu de temps pour réfléchir.

Sacha retourne dans la maison sans se déchausser, attrape rageusement un manteau et son bâton de marche. Il se sent moins trahi qu'humilié et vexé. Il repasse devant Vania sans mot dire avant de disparaître dans la forêt. Vania le regarde s'éloigner, puis rentre ranger le salon et préparer le dîner du soir. Un bortsch. Parce que c'est le plat préféré de Sacha.

Au retour du vieil homme, le soleil est bas sur l'horizon et vient colorer le crépuscule. Il regarde Vania qui est en train de mettre la table. Soudain, son visage boudeur s'éclaire et se fend d'un large sourire.

— Vania, je te pardonne. Je te pardonne parce que, à bien y réfléchir, je préfère avoir un fils intelligent qu'un fils débile.

17

Il porte des pantoufles en feutre et une barbe blanche de philosophe grec. Ses yeux clairs brillent d'une lueur intense sous une paire de lunettes qui a connu Brejnev et qu'il a rafistolée avec un élastique. Je le rencontre deux mois avant la guerre, dans son appartement à Moscou. Je ne le sais pas encore, mais c'est mon dernier voyage en Russie.

Viktor Antonovich Boulgakov est un rescapé du goulag. Le dernier, lui aussi. Le vieil homme de quatre-vingt-six ans habite dans un appartement haut perché au huitième étage d'une tour du quartier des usines. C'est ici qu'autrefois les berlines soviétiques réservées aux apparatchiks étaient assemblées. À quelques kilomètres de là, sur la place Rouge, les touristes glissent gaiement sur la patinoire installée juste en face du mausolée de Lénine.

La ville est belle, riche, impétueuse. Partout, ses rues sont éclairées par les illuminations de Noël. J'envoie à ma mère des photos de moi tout sourire sur la place Rouge, puis je l'appelle. Je lui raconte Moscou en 2022, l'allure des avenues, les nouveaux restaurants, l'église Basile-le-Bienheureux en travaux ;

je sais que la ville lui manque, elle n'est pas revenue depuis si longtemps.

Attentive, elle écoute mes descriptions, s'en nourrit, grignote et savoure chaque anecdote. Cette discussion téléphonique lui offre un petit voyage en classe affaires, un aller-retour bref et sans fatigue. Je ne sais pas si nous pourrons un jour réaliser ce vieux rêve qui lui tient tant à cœur : prendre le Transsibérien avec elle, mes sœurs et moi pour traverser tout le pays jusqu'à Vladivostok. Cinquante-neuf ans après son premier voyage, je ne sais pas si ma mère reverra la Russie.

Elle a dix-sept ans, elle est interrogée autour d'une immense table de bois précieux par des officiers du KGB à Sébastopol. Et cette année 1963 lui semble basculer dans un film d'espionnage. Tandis que les officiers la questionnent, un sbire à la gueule patibulaire mais aux petites mains blanches, tape à la machine toutes ses réponses. Les agents la testent, ils lui parlent en français et en russe. Habile, maman fait mine de ne rien comprendre au russe. Elle se contrôle, veille à ne répondre qu'aux questions en français et prend un air idiot quand elle entend la langue de Tchekhov.

Les agents finissent par se détendre et parlent entre eux dans leur langue, sans plus se méfier de l'adolescente de dix-sept ans qui pourtant les écoute attentivement. Ma mère se rend compte qu'elle n'est pas la cible principale de cette arrestation. Un photographe de trente-trois ans, chauve et moustachu, a lui aussi été arrêté. Les services secrets soviétiques lui ont demandé de lui remettre la pellicule contenant les photos prises dans la matinée. Il a répondu qu'il ne savait pas où il l'avait mise. Sur une photo prise par le KGB, on voit le photographe en action et ma mère, godiche souriante, à côté de lui. Elle comprend qu'elle est suspectée d'avoir caché la pellicule manquante. Dans un instant de frayeur, elle se dit que le photographe a très bien pu glisser la pellicule dans son sac acheté à Istanbul pendant qu'elle était aux toilettes. Mais non, puisque l'homme du KGB n'a rien trouvé en le vidant dans la rue !

Ma mère a beau être rassurée, pendant tout l'après-midi les agents lui posent la même question :

— Où avez-vous mis la pellicule ?

Cet été-là, ma mère embarque, en compagnie de Lise, sa cousine plus âgée, sur le *Transilvannia*, un paquebot roumain rouillé de cent trente mètres de long, au départ de Venise. Le rafiot file vers Istanbul, traverse le détroit des Dardanelles puis canote dans la mer Noire, de port en port, Odessa, Yalta… À son bord, des membres des partis communistes occidentaux sont tous âgés d'une soixantaine d'années. Ma mère est la plus jeune recrue de l'aventure.

Frappée par les richesses d'Istanbul, elle découvre avec stupéfaction le gris de la vie derrière le rideau de fer et le poids de la surveillance paranoïaque du régime. Chaque fois que le bateau quitte un port du bloc de l'Est dans la nuit, des projecteurs sont braqués sur sa coque afin de vérifier qu'aucun transfuge n'essaie de s'enfuir.

À l'arrivée en Bulgarie, premier pays du programme, une nuée de touristes issus de la nomenklatura montent à bord. Parmi eux, de prétendus guides de l'agence russe « Intourist ». Ils ont la quarantaine, ils sont soignés, souriants, s'entendent à merveille avec les communistes français. Le premier soir après leur arrivée sur le bateau, un bal est organisé à bord. Un homme s'approche de ma mère et l'invite à danser. Il porte beau, il est chaleureux. Pendant la danse, il s'approche de l'oreille de ma mère et lui susurre ces quelques mots, en détachant bien les syllabes pour mieux se faire comprendre :

— Vous êtes d'origine russe, n'est-ce pas ? Votre mère s'appelle Anna Mikhaïloff, elle a quitté le pays en 1923 en passant par Riga. Votre père, Samuel Kanjounzeff, était étudiant à Paris en 1917. Son propre père Gaïka vivait à Saint-Pétersbourg avant de quitter le pays suite à la Révolution. Que venez-vous faire ici ?

Le sang de ma mère se glace. L'homme lui parle très gentiment, mais lui récite toute son histoire familiale, son pedigree, sans une erreur. À la fin de la danse, il s'en va, sans rien ajouter, en souriant, comme si de rien n'était. La plupart du temps, la terreur soviétique avance masquée – vous n'avez rien senti, vous tournez la tête et vous découvrez sur votre main une énorme araignée.

Arrivé à Yalta, on donne le choix aux touristes de rester sur place ou de prendre un autobus pour aller visiter Sébastopol. Insatiable, malgré la frayeur du bal, ma mère décide d'être du voyage. Elle part seule, sans sa cousine, fatiguée des visites. Dans le car, un photographe d'une trentaine d'années, chauve et moustachu, s'assoit à côté d'elle et, plus loin, un professeur de géographie et beaucoup de communistes français. Le guide avertit les touristes : il est interdit de prendre en photo un endroit susceptible d'avoir « un intérêt politique, économique ou social ». Ma mère se demande ce qu'elle va bien pouvoir prendre en photo. Le groupe est amené devant le Monument aux navires coulés, une colonne érigée sur un piton rocheux artificiel posé dans la mer près du rivage. Il a été inauguré en 1905, à l'occasion du 50e anniversaire du siège de Sébastopol, pendant la guerre de Crimée et commémore le sabordage de nombreux navires de la marine impériale russe.

— Vous pouvez prendre en photo la colonne, mais pas la mer autour, prévient le guide.

Ma mère suit la consigne, puis se promène avec le groupe dans les rues de Sébastopol. Le photographe chauve et moustachu est détendu, son Leica en bandoulière se balance sur son ventre. Après la visite de la ville, la troupe se rend au restaurant pour le déjeuner. À la fin du repas, ma mère laisse son sac fourre-tout qu'elle a acheté à Istanbul pour filer aux toilettes. À son retour, la table est vide. Elle attrape en vitesse son sac, son chapeau de paille et se dépêche de sortir pour rattraper les autres qui montent déjà dans le bus. Quand elle arrive au pied du car, un homme lui arrache son sac des mains et le vide par terre. Il la regarde comme un objet, quelque chose d'inerte, comme si elle n'était rien. C'est un homme du KGB.

— On vous a pris en photo ce matin en train de prendre vous-même des photos interdites.

Autour de la table gigantesque, l'interrogatoire continue. Ma mère répond invariablement la même chose. Elle ne sait pas de quoi ils parlent, elle n'a jamais eu cette pellicule en sa possession. Au bout d'un certain temps, les agents commencent à s'intéresser à son propre appareil photo. Elle a pris des images d'un village reconstitué en Roumanie et de la fameuse colonne des navires coulés. Elle venait d'enclencher une pellicule vierge dans son appareil. Les agents lui posent la même question un nombre incalculable de fois :

— Avec quel type de pellicule est chargé votre appareil ? Noir et blanc ? Couleur ?

À bout de forces, après avoir répondu mille fois à la question, ma mère finit par répondre :

— En rouge ! C'est une pellicule rouge !

Les sicaires des services secrets restent de marbre. Après quatre heures d'entretien, ma mère est priée d'entrer dans une grande voiture noire officielle. À sa gauche, le professeur de géographie qui faisait partie de la virée à Sébastopol, seul adulte dans le groupe qui ait prêté attention au sort de cette jeune fille de dix-sept ans. À sa droite, un agent du KGB, aux mains baladeuses. Il essaie de peloter l'adolescente. Ma mère se défend en lui lançant un regard plein de givre.

Arrivée devant le bateau, dont le départ de Yalta a été retardé, ma mère retrouve sa cousine Lise, dans tous ses états. Une annonce officielle est faite : le photographe ne remontera pas à bord. Plus tard, ma mère apprendra que ce fameux photographe était surveillé depuis huit ans par le KGB, que son père était un ancien membre des services secrets français et qu'il travaillait pour eux pendant ces voyages « touristiques », immortalisant des scènes de la vie quotidienne soviétique.

Pour les services russes, son surnom est « Moustache ». Son travail critique déplaisait fortement au pouvoir. Chanceux, il a été libéré quinze jours plus tard. Deux espions russes étaient eux-mêmes dans le pétrin en France à la même période et, pour faciliter leur retour en URSS, le photographe français a été relâché très tôt. Après cet incident, ma mère n'est plus retournée en URSS pendant une dizaine d'années.

À la fin des années 1970, travaillant comme interprète pour l'entreprise Creuzot-Loire, elle s'est rendue trois fois à Moscou sans rien visiter. Et puis elle est devenue professeure de russe et s'est mise à organiser des voyages scolaires tout au long des années 1980.

— Chaque fois que je posais le pied en Russie, je frémissais de bonheur, c'était une joie suprême, une exaltation. Et puis après huit ou dix jours sur place, je remerciais mes parents d'avoir quitté ce pays.

Presque soixante ans plus tard, je marche dans les rues enneigées de Moscou juste avant Noël. J'ai l'impression de me balader dans une capitale nordique, au cœur doux d'une démocratie joyeuse. Faux semblants. La neige ment. Les lumières de Noël mentent. La guerre se prépare derrière les murs rouges du Kremlin. Et le plus grand pays du monde s'enfonce peu à peu dans sa propre caricature. L'ONG

Mémorial qui a permis ma rencontre avec Viktor, le rescapé du goulag, est elle-même sous la menace d'un procès. Mémorial fait fondre les mirages à coups de rapports détaillés. Grâce à elle, on sait que dans la Russie de Poutine de lourdes peines de prison sont données à de simples manifestants, on sait aussi que la torture est couramment utilisée dans les centres pénitentiaires, que l'opposition est muselée, et que nombre de journalistes sont forcés de s'exiler. Mémorial sera bientôt dissoute car considérée par le Kremlin comme un « agent de l'étranger », statut inspiré de celui d'« ennemi du peuple » instauré par Lénine en 1917. Quant à Vladimir Poutine, après avoir modifié la Constitution, il pourra rester au pouvoir jusqu'en 2036. Il aura alors quatre-vingt-quatre ans et aura dirigé le pays plus longtemps que Staline.

Dans sa cuisine, Viktor surveille sa soupe de légumes qui mijote. Sa femme est morte. Il vit seul depuis quatre ans avec sa chatte Mourka. Sans cesse dans ses jambes, elle ne le quitte jamais. Son appartement est un bric-à-brac d'objets disparates – arcs, maquettes de tank, livres par centaines, piano désaccordé, icônes, balalaïka, vieil ordinateur, télé à tube cathodique, cuisinière antédiluvienne au-dessus de laquelle pend un papier tue-mouche constellé de diptères englués depuis l'été. Toute une vie de souvenirs stratifiés entre ces murs fatigués.

Viktor Boulgakov est né en 1935 à Odessa dans une famille noble ralliée à la cause soviétique. Son père, ingénieur dans les pétroles, est arrêté trois fois. Une première fois sous le tsar car il est soupçonné de fricoter avec les révolutionnaires. Puis, sous Staline, il est envoyé pour plusieurs années au goulag. Lorsque son frère aîné meurt sur le front à Leningrad à dix-sept ans, sa mère fuit à Moscou avec lui, chez son oncle. Pendant la guerre, il n'a plus le temps d'être un enfant. À sept ans, il sait reconnaître les avions allemands au bruit de leur moteur. Dans les rues, il apprend à déposer les bombes qui n'ont pas explosé dans des bassines d'eau ou dans du sable. Viktor a huit ans quand il voit un inconnu s'asseoir sur le canapé du salon : c'est son père, récemment libéré.

Au lycée, Viktor lit Marx, Engels, Lénine et ne comprend pas le gouffre qui sépare ce qu'il lit de ce qu'il vit. Il est choqué par cette misère qu'il voit partout autour de lui – les enfants remarquent souvent l'injustice avant les adultes. À dix-sept ans, avec deux amis, le jeune homme rêve d'une révolution dans la révolution. Dans le même temps, à ses heures perdues, il écrit de petits récits, des poèmes, des nouvelles et même un roman de science-fiction. Il présente son manuscrit à une maison d'édition qui lui fait des critiques. Un an et demi après, alors qu'il a fini son travail de réécriture, le monde s'arrête.

Dans la nuit du 4 au 5 mars 1953, la nuit de la mort de Staline, Viktor est arrêté. Depuis quelques semaines, il se sentait suivi. Cette nuit-là, à 23 heures, trois hommes frappent à la porte de l'appartement communautaire.

— On est là pour toi, lui disent-ils.

Le chat de la famille crache sur eux. Sa mère pleure dans la cuisine sous le portrait de Staline. Vers minuit et demi, les trois gros bras l'embarquent dans une voiture. Viktor se rappelle avoir entendu au même moment un prélude de Rachmaninov, provenant d'une radio dans l'immeuble. C'était son prélude préféré.

Dans l'immense bâtiment de la Loubianka où officie le KGB, les enquêteurs demandent au jeune homme de reconnaître qu'il a tenu des propos antisoviétiques et surtout exigent qu'il dénonce la personne qui lui a mis ces idées en tête. Viktor résiste, est transféré à la prison de Lefortovo, dans une cellule minuscule, large de cinq pas seulement. Dans la geôle voisine, une femme hurle. Il se sent impuissant. D'autres enquêteurs se relayent pour l'interroger. Pendant dix-neuf jours, on l'empêche de dormir. Viktor sait que la privation de sommeil peut pousser à avouer n'importe quoi. Il doit donner quelque chose, un nom. Vite. Ce sera celui de sa grand-mère, qui est déjà morte. Et les interrogatoires cessent.

Le jeune homme est jugé sans avocat, en quarante-cinq minutes, par trois magistrats qui le condamnent à vingt-cinq ans de travaux forcés pour activités contre-révolutionnaires, en application de l'article 58 du Code pénal. En sortant de « l'audience », Viktor entend cette fois-ci une chanson romantique russe sur la séparation. Il pense à Viktoria, la jeune fille dont il est fou amoureux. Il est anéanti. Quel âge aura Viktoria quand ils se reverront ?

Viktor est envoyé au goulag 388/11, à 1 650 km au nord de Moscou, à Inta, dans la République des Komis. Il y fait très froid. Il travaillera tous les jours dans une mine de charbon, à 450 mètres sous la surface de la terre. La mine l'engloutit. C'est la nuit noire, et même si une lampe brille quelque part, l'obscurité pénètre dans les bouches et dans les oreilles comme un corps physique. Lorsqu'il est seul, Viktor écoute les bruits de la mine, les câbles qui grincent, l'eau qui gargouille. Il a le temps d'apprécier ce concerto. Les jours passent, les semaines, les mois.

Pendant longtemps, Viktor croit que le brigadier qui dirige le camp est un homme bon, car il se conduit bien avec tout le monde. Et puis un jour, une seule fois, l'homme reconnaît avoir été Sonderkommando et savoir comment fusiller les gens. Alors peu à peu Viktor apprend les trois règles qui permettent de survivre à la prison : « N'aie pas peur », « Ne demande rien », « Ne fais pas confiance ». Mais Viktor a du mal à appliquer la troisième règle. Selon lui, il faut essayer de croire en autrui, car si l'on se coupe de son prochain, on brise le lien de la confiance, et on se transforme en bloc de haine.

Dans le camp, l'espoir protège le prisonnier Viktor. L'espoir qu'un miracle se produise. Soudain, on transfère Viktor dans une autre prison. C'est dans le mot « soudain » que réside l'espoir.

Le 23 décembre 1953, Lavrenti Béria, bras droit de Staline, ex-chef du NKVD et membre éminent du Politburo, est exécuté. Sa mort signe le début de la déstalinisation. Viktor apprendra son décès bien plus tard – c'est son « soudain » à lui. Il explique son cas aux autorités. Il était contre le système de Béria. Donc si Béria est coupable, il est innocent. Cette bouteille lancée à la mer va s'échouer sur une plage administrative soviétique et quelqu'un la ramasse. Il est transféré à Moscou, à la prison de Boutyrka. Puis libéré le 21 avril 1956 après deux ans et demi de camp.

Le cœur battant, il retrouve Viktoria, qui met une journée entière avant de pouvoir lui parler tant elle est émue. Lui redoute toujours d'être de nouveau arrêté. À raison.

Trois ans plus tard, il est de retour en prison. On le soupçonne d'avoir voulu organiser une grève dans la mine – cela a beau être vrai, cette grève est restée à l'état de fantasme. Il est transféré dans un Institut psychiatrique – le système cherche à prouver que ses dissidents ont une personnalité « paranoïaque » ou « schizophrénique ». On le gave de médicaments, on lui fait une ponction lombaire à titre d'expérience. Durant quinze ans, il souffrira de séquelles. Enfin, le 3 août 1959, il est libéré pour de bon. Quatre ans avant le premier voyage de ma mère.

La nuit est tombée sur Moscou. Les patineurs glissent sur la place Rouge. Demain, j'aurai quitté la Russie. Dimitri, le traducteur, ne le sait pas encore, mais dans un an, il quittera lui aussi la Russie. Il laissera derrière lui femme et enfants pour échapper à la mobilisation militaire, pour échapper à la mort en Ukraine.

Viktor Antonovich Boulgakov caresse son chat. Il clôt la conversation d'une voix à la fois douce et ferme :

— Mon histoire n'est pas très importante. Je voulais juste parler parce que je suis l'un des derniers témoins. Peut-être le dernier. Et avec les lois d'aujourd'hui comme celle des « agents de l'étranger », il est important de se battre pour que le passé ne s'oublie pas. C'est possible de revoir la même chose. Ce *monsieur* doit comprendre que plus il fera des lois dures et injustes et plus la résistance à ces lois sera forte. C'est, je crois, ce qu'*il* n'a pas compris.

Viktor Antonovich Boulgakov me salue puis s'en va déguster sa soupe chaude tandis que sa chatte Mourka s'enroule entre les jambes. Il ne citera pas Vladimir Poutine. La Russie rend prudent.

18

Mai 2023. Le printemps est revenu. Les cerisiers sont en fleurs. Le bourdonnement des abeilles défie le sifflement des obus. Les combats s'éternisent. Chaque fois que je retourne sur la ligne de front, j'espère revoir Boris, un reporter suisse que je porte dans mon cœur depuis notre première rencontre un an plus tôt sous des bombes à sous-munitions, du côté de Soledar. Je crois aux coups de foudre amicaux, les évidences qu'on accroche au fronton de l'amour valent pour l'amitié.

Boris est un homme charmant et fin, il a toujours une anecdote croustillante à raconter, qu'il narre d'un ton espiègle ; ses yeux rient quand il partage un bon mot. Le gaillard est généreux et livre de bon cœur des noms, des contacts, des accès. Il affirme souvent qu'il est trouillard alors que je ne l'ai vu que courageux. Il raconte que, sur ces chemins noirs, il a l'impression de marcher à la rencontre de son destin. Il connaît parfaitement l'Ukraine, son histoire, son économie, ses tensions et ses failles, et quand il se lance dans un récit, alors il voltige sur un fil imaginaire, tel un acrobate leste et élégant. Il a longtemps été libraire avant de devenir reporter. On retrouve dans ses articles la fulgurance jaillie de l'amour des mots, le goût de la précision dans le choix des formules, dans leur ordonnancement.

Lorsque nous nous retrouvons à l'hôtel Man de Kramatorsk, nous jouons parfois aux échecs. C'est un bon pousseur de bois. Je les reconnais facilement après trois coups. Les échecs sont entrés dans ma vie par la conjugaison de trois facteurs : mes origines, ma bêtise et ma fainéantise. Quand j'ai découvert que les Russes étaient historiquement d'excellents joueurs d'échecs alors que je ne valais pas un kopeck sur l'échiquier, je me suis mis à acheter des livres de théorie et à jouer compulsivement des parties rapides. En fin de compte, mon niveau n'a pas progressé, j'ai à peine lu les bouquins qui trônent dans ma bibliothèque, mais depuis vingt ans il ne se passe pas une journée sans que je joue au moins une partie d'échecs.

C'est lors de l'une de ces soirées échiquéennes dans le Donbass que Boris m'a confié l'histoire de Vania et de Sacha. Il venait de les rencontrer longuement à l'école de musique abandonnée et en avait tiré un article renversant en prenant soin de préserver leur anonymat.

Nous roulons vers Kiev depuis Kramatorsk. Fin de mission. Après dix heures de route, Boris opère un étrange détour. Au lieu de nous rendre directement à la capitale, il me propose de remonter vers Tchernihiv, puis, plus au nord, vers une ferme proche d'un lac.

— J'ai là-bas un ami qui nous invite ce soir à une petite sauterie, m'annonce Boris avec un sourire.

Je ne peux pas refuser l'idée d'une pause festive au bord d'un lac. Sergueï et Fred sont loin derrière nous. Ils nous retrouveront demain à Kiev.

Sur la route, je contemple les paysages qui me sont aujourd'hui familiers. Depuis plus d'un an, j'ai davantage sillonné les campagnes ukrainiennes que les départements français. Au volant, Boris me raconte qu'il connaît Sacha depuis longtemps, depuis bien avant la guerre. Les deux hommes se sont rencontrés lors d'un reportage organisé pour le dixième anniversaire de la catastrophe de Tchernobyl. Coup de foudre amical, là encore.

Boris et Sacha se sont tant appréciés qu'ils sont restés en contact, et, au fil du temps, sont devenus amis. Sacha est venu avec sa famille en Suisse profiter du chalet de son ami, et Boris s'est rendu plusieurs fois en Ukraine pour les vacances. Quand Sacha a perdu sa femme et son fils presque consécutivement, Boris a été présent à ses côtés. Des années plus tard, les deux hommes se sont donné rendez-vous dans le Donbass. Et Sacha a raconté à Boris l'histoire de son prisonnier affranchi.

Lorsque nous arrivons devant la maison bleue au toit de tôle, nous voyons un jeune homme en train de faire cuire les chachliks sur la vieille grille d'un barbecue bancal, près d'un bosquet de bouleaux. En apercevant Sacha, Boris lui tombe dans les bras avant de saluer Vania. Boris communique en anglais avec Sacha. Comme Vania ne connaît que le russe, je lui adresse un hochement de tête amical. J'ajoute en russe que je ne parle pas russe, et je suis heureux de le dire sans accent. Il me sourit, me tend un verre. Je me laisse griser par le parfum de la viande grillée et celui du bon vin rouge géorgien. L'air est doux, le soleil se couche enfin, je le vois rouler vers l'horizon et je me rappelle ce que m'avait expliqué un jour Vadim, le joueur d'accordéon au regard électrique dont ma mère s'occupait.

— Ce n'est pas le soleil qui se couche, c'est la terre qui s'en va !

La soirée s'étire dans la quiétude. Les chachliks sont grillés en surface et juteux en leur cœur. J'ai l'impression de manger un bout d'Ukraine, un morceau de Russie, de mâcher et de digérer lentement mes racines, de rincer la douleur dans le vin. Boris et Sacha parlent du passé avec des yeux heureux, comme si le passé était toujours l'endroit le plus agréable à visiter pour les hommes devenus vieux. L'alcool aidant, je commence à parler un russe de plus en plus fluide, et Sacha améliore dans le même temps son niveau en anglais.

Nous nous demandons si l'homme est naturellement mauvais. Sacha pense que c'est le cas, que nous sommes de grands singes sans queue, des primates territoriaux et agressifs.

— C'est la loi de la nature, la loi de la jungle ! conclut-il.

Il traduit immédiatement à Vania qui secoue la tête. Interloqué, Sacha l'interroge. Vania répond en russe, Sacha nous traduit en retour en renversant son vin sur sa chemisette blanche.

— Il dit que la vraie loi de la jungle, c'est la paresse et le jeu. Il dit que 90 % du temps, les animaux ne font que pioncer. Bon Dieu, c'est pas con ce que tu racontes, Vania ! Si les Orques pouvaient ronfler aussi, ça nous ferait des vacances !

Tout le monde éclate de rire. Nous nous jurons de dormir tout notre soûl demain pour satisfaire la nouvelle loi de la jungle revue par Vania. Nous croquons encore et encore dans la chair tendre des chachliks. Sacha avoue que ça lui fait un bien fou de voir de nouvelles têtes. Grisé, Boris déclame un poème de Pouchkine en russe. Je me sens vivant. Je ne sais pas ce que l'avenir nous réserve, ce qui va se passer, et je m'en fous. Tout ce que nous avons est cet instant, ici et maintenant.

Vania, qui est allé chercher son accordéon, joue des airs tziganes puis enchaîne avec une valse russe que je ne connais pas. Je me laisse bercer par les trois temps de la valse. Un, deux, trois, la Russie, l'Ukraine, la guerre. Un, deux, trois, les origines, le désenchantement, le renoncement. Un, deux, trois, tout avoir, tout perdre et devenir ce qu'on n'était pas.

C'est le moment que choisit Volodia pour débarquer à la petite fête. Le voisin de Sacha paraît un peu voûté, il marche les bras croisés dans le dos et tire une mine d'enterrement. Puis, soudain, il se redresse, sourit comme un ours devant un pot de miel et ouvre ses bras en croix. Au bout de ses gros doigts gigotent quatre flacons de vodka. Nous accueillons le nouvel invité avec les égards qui lui sont dus et le servons en vin et en brochettes.

Le ciel brille comme si la guerre n'existait pas. La musique joue comme si les soldats ne mouraient pas. Nous sommes heureux comme si les bombes ne pleuvaient pas. La tête me tourne, je commence à ricaner pour rien, je pense à ma mère, je pense à tous ces événements, ces embranchements improbables, les gènes, la famille, les racines, les goûts, rien que j'aie vraiment choisi, qui m'ont amené en ce lieu, à vivre cet instant de grâce suspendu au-dessus du chaos.

Volodia débouche une de ses bouteilles et verse des doses généreuses de vodka dans cinq petits verres qu'il distribue à chacun d'entre nous. Vania cesse de jouer. Nous levons nos verres vers le ciel pour qu'ils n'en forment plus qu'un. Vania porte un toast que nous reprenons tous en chœur, « Aux mères ! », tandis que la vodka gicle jusqu'aux étoiles.

REMERCIEMENTS

Merci à Coline Renault, Lilla et Zélie Delesalle, sans qui ce livre aurait été fini plus tôt. Merci à Patrick Chauvel, Boris Mabillard, Frédéric Lafargue et Sergueï Shestak qui illuminent mes nuits ukrainiennes. Merci à mon éditrice Véronique Cardi pour sa patience, sa pugnacité et son enthousiasme et à Anne Pidoux pour sa relecture attentive. Merci à mon père Jean-Charles Delesalle et mes sœurs Sonia Stolper et Tatiana Delesalle pour leur soutien indéfectible. Et merci à mère, Anne Kanjounzeff, pour tout le reste.

Du même auteur :

Un parfum d'herbe coupée, Préludes, 2015.
Le Goût du large, Préludes, 2016.
Mille soleils, Préludes, 2018.
N'habite plus à l'adresse indiquée, Préludes, 2019.

PAPIER CERTIFIÉ

Le Livre de Poche s'engage pour l'environnement en réduisant l'empreinte carbone de ses livres. Celle de cet exemplaire est de :
100 g éq. CO_2
Rendez-vous sur www.livredepoche-durable.fr

Composition réalisée par NORD COMPO

Achevé d'imprimer en France par
CPI BRODARD & TAUPIN (72200 La Flèche)
en février 2025
N° d'impression : 3059921
Dépôt légal 1re publication : mars 2025
LIBRAIRIE GÉNÉRALE FRANÇAISE
21, rue du Montparnasse – 75298 Paris Cedex 06
marketing@livredepoche.com

32/2446/1